KB012395

CONTENTS

프롤로그
"학력이 필요 없는 일 같은 건 없습니다!"
11

1장
"내 여동생이 공적(空賊)이 될 리가 없어!"
21

2장
"아코가 아코였어요."
109

3장
"포포리호, 최대 선속!"
217

에필로그
"오늘 날씨 쾌청, 하지만 파도 높음."
311

And you thought
there is Never a girl online?

DESIGNED BY AFTERGLOW

모 생각한 건가? 여자아이가 아니라고? 온라인 게임의 신부는

키네코 시바이 지음

Hisasi 일러스트

이경인 옮김

Lv. 16

프롤로그

"학력이 필요 없는 일 같은 건 없습니다!"

이제 와서, 정말로 이제 와서 하는 말인데.

사실 내 『루시안』은 이상적인 탱커가 아니야.

아니아니, 메인 탱커로서 손색이 없다고 했던 건 거짓말이 아니거든?

내 플레이어 스킬은 둘째 치더라도, 내구력은 메인 탱커에 어울리는 수준이야. 그건 진짜야.

하지만, 『루시안』은 너무 내구력에 특화됐단 말이지.

저번에 슈가 말했던 건데, 진정한 의미에서 이상적인 탱커란 내구력은 필요 최저한으로만 가지고, 남은 스테이터스를 딜에 투자한 캐릭터를 말해.

딜이 나오는 게 효율이 좋고, 파티 전체적으로 딜이 안 나오면 클리어할 수 없는 콘텐츠도 있으니까. 탱커라도 딜이 나온다면 그게 더 좋잖아.

내구력이 얼마 정도면 괜찮냐는 건 상황에 따라 다르고, 함께 싸우는 동료에 따라 다르지.

딜만 마구 올리면 사고사하는 부실한 탱커가 되어 버리니까.

우리는 인원이 적고, 힐러도 불안해. 내구력이 꽤 높지 않으면 안정적으로 탱커 역할을 할 수 없어. 그러니까 『루시안』은 전혀 잘못되지 않았다고.

단지, 그래도 내구력에 너무 많이 투자했나? 지나쳤나? 같은 부분이 있으니까 이상적이진 않다는 거지.

응, 반성은 하고 있어. 하지만 후회는 안 해.

이렇듯 나는 이상적인 탱커가 아니라서 친구가 호출하는 경우도 많지는 않아. 탱커가 부족하거나, 로그아웃한 탱커를 대신하는 게 대부분이지.

하지만…….

◆너구리 의사 : 한가하면 잠깐 와줬으면 좋겠다구리!

그날은, 나보다 훨씬 이상적인 탱커한테서 그런 채팅이 날아왔어.

◆너구리 의사 : 살았다구리! 루시안이 와주지 않았다면 포기했을 거다구리!

◆루시안 : 한가했으니까 괜찮긴 한데, 무슨 일이에요?

찾아온 집합 장소에서 떠오른 생각은, 무슨 일이 있었다기보다는…….

◆루시안 : 근데, 이 멤버는 뭐죠?

◆가고 : 뭐냐니. 우리 쓸모없는 직업 군단이 무슨 문제 있냐.

◆킹슬리 : 그 취급 너무하지 않나요ㅋ

◆만지만지 : 쓸모없는 군단 취급을 당하는 건 도저히 납득이 안 가는데.

◆루시안 : 그런 소리를 해도.

힐러가 된 너구리 씨는 넘어가더라도, 나머지 멤버들은 영문을 알 수 없었다.

가고는 크리티컬 특화 어새신이라는 취미 직업이고, 킹슬리 씨는 함정이 메인인 궁수. 만지 씨에 이르러서는 전투 직업조차 아닌, 포션 제조를 메인으로 하는 알케미스트였다.

평범한 파티에는 들어갈 자리가 없는, 솔로로 살아갈 수밖에 없는 캐릭터들뿐이었다.

◆루시안 : 그건가요? 서브캐 육성 계획 같은 건가요?

◆너구리 의사 : 후후후, 그렇게 생각하냐구리? 하지만 아니다구리!

너구리 씨는 기쁜 듯이 씨익 웃으며 말했다.

◆너구리 의사 : 모코모코 사막의 오아시스에서 북북서로 가면 있는 맵을 알고 있냐구리?

◆루시안 : 이미지가 확 떠오르지는 않지만, 지나친 적은 있어요.

있는 몬스터는 짭짤하지 않고, 퀘스트 때문에 갈 일도 없는, 아무런 인상도 남지 않는 맵이었다고 기억한다.

참고로 지금 말하는 북북서라는 건, 북북서 방향이 아니라 북, 북, 서의 진로다.

북쪽으로 갔다가 북쪽으로 갔다가 다시 서쪽으로 가면 나오는 맵이라는 뜻이다.

◆가고 : 거기, 몹이 재배치됐더라. 방어력이 높은 대신 경험치도 많이 주는 것들뿐이라, 방어 무시로 공격할 수 있는 파티라면 엄청 짭짤해.

◆루시안 : 호오~.

비인기 맵을 수정하는 일은 자주 있지만, 고효율 맵으로 변하는 경우는 드물다.

◆루시안 : 그래서, 어떤 적이 있는데요?

◆만지만지 : 장비 파괴도 있고, 즉사 클래스의 공격도 있고, 난이도는 높아.

◆루시안 : 그럼 너구리 씨가 탱커를 하는 게 낫지 않나요.

장비는 물론이고 플레이어 스킬도 너구리 씨가 더 믿음직하다. 나를 부를 의미가 없다고 생각하는데.

◆너구리 의사 : 그럴 수는 없다구리. 봉골레 에비가 있다구리.

◆루시안 : 그 맛있어 보이는 새우#1는 뭔데요.

◆만지만지 : 봄버 골렘 에이스 버전.

◆킹슬리 : 줄여서 봉골레 에비ㅋ

음식 테러하는 이름은 그만둬!

아니, 그건 넘어가고.

◆루시안 : 봉골레는 그거잖아요. 때리면 폭발하는 골렘.

◆너구리 의사 : 그렇다구리! 너구리 씨는 그냥 즉사한다구리!

#1 새우 일본어로 「에비(えび)」는 새우를 뜻한다.

◆루시안 : 너구리 씨가 무리라면 저도 죽잖아요!

◆너구리 의사 : 그렇지 않다구리! 자폭은 내성 무시라서 보통은 죽는다구리. 자폭을 견뎌내고 그대로 싸울 수 있는 HP가 있는 건 루시안밖에 모른다구리!

◆루시안 : 아…… 과연, 그런 거였나요.

너구리 씨는 평범한 맵에서는 이상적으로 움직일 수 있지만, 반대로 그런 이상한 적에게는 고전하는 거구나.

지금이라면 아코도 자동 소생을 쓸 수 있지만, 당시에는 그런 스킬이 없었으니까.

◆루시안 : 그럼 가보고 싶네요!

◆킹슬리 : 그럼 가보자고ㅋ

그렇게 가게 된 오아시스 북북서 맵. 정식 명칭은 모코모코 사막 5.

확실히 데저트 울프나 콘도르가 우글거리는 평화로운 맵이었던 것 같은데, 투박한 골렘이나 당장 파열할 것처럼 전격을 내뿜고 있는 골렘이 우글거리는 지상의 지옥 같은 곳으로 변했다.

◆너구리 의사 : 자, 함정을 마구 설치하라구리!

◆만지만지 : 언브레이킹 바름.

◆킹슬리 : 크리티컬이 울부짖는구만ㅋ

◆루시안 : 자폭 아파! 이거 너무하잖아!

그건 정말 언제 죽어도 이상하지 않을 만큼 힘들었다.

하지만 그 이상으로 경험치가 엄청 짭짤했다.

◆루시안 : 뭐야, 이거. 부쩍부쩍 늘고 있는데!

◆너구리 의사 : 예상대로다구리! 효율 엄청나다구리!

◆킹슬리 : 이거 고맙네ㅋ

◆가고 : 지금부터는 우리, 쓸모없는 직업 군단의 시대다!

◆만지만지 : 다른 곳과는 너무 다르네. 정말로 버그 같아.

응, 대충 짐작했겠지만.

정말로 버그였습니다.

맵을 수정할 때 경험치 조정에서 실수를 했는지 하루도 기다리지 않아 긴급점검에 들어갔고…….

다음 날 다시 오니 경험치 효율이 단숨에 내려갔다.

◆가고 : 쓸모없는 직업 군단은 역시 수요가 없구나…….

◆킹슬리 : 취미 직업이니까ㅋ

◆만지만지 : 슬프다.

이렇게, 비인기 캐릭터 대활약 타임은 환상으로 끝났지만, 그것으로 끝난 게 아니었다.

정석에서 벗어난 캐릭터라도 함께 싸워보니까 의외로 편리하기도 했는지라…….

◆너구리 의사 : 딜러가 없다면 함정이라도 괜찮다구리!

◆킹슬리 : 괜찮다고? 그럼 갈래갈래ㅋ

◆만지만지 : 함정 소재 운반할게.

◆너구리 의사 : 골렘용으로 크리가 있어도 괜찮을 것 같

다구리.

　　◆가고 : 그럼 갈래갈래!

　그 후에도 취미 캐릭터들은 때때로 찾아와서 온리 원의 활약을 해줬다.

　─나 역시, 대리 탱커로 호출받았지만.

　　◆아코 : 즉, 저도 빛날 때가 온다는 뜻이네요!

　　◆루시안 : 자기를 취미 캐릭터라고 인정해도 되는 거냐, 아코.

　　◆아코 : 저, 취미 캐릭터 중에서도 꽤 악취미 같은 타입의 캐릭터잖아요.

　　◆루시안 : 그, 그래도! PvP에서는 은근히 쓸 만한 빌드가 되었잖아!

　애초에 내가 말하고 싶은 건 그게 아니라─.

　　◆루시안 : 그러니까, 필드만 바뀐다면 지금까지 써먹지 못했던 사람이 활약하거나, 용도만 알아낸다면 인기가 생기기도 한다고.

　그런고로……．

　　◆루시안 : 평소에 하는 공부는 싫더라도, 다음 주부터 시작되는 하계 강습에서는 대활약할 수 있을지도 모르니까 싫어하지 말고 가자!

　　◆아코 : 그런 이야기인가요!

◆루시안 : 무슨 이야기라고 생각한 건데.

◆아코 : 가정에 들어가서 대활약하는 저의 이야기인 줄 알았는데요.

◆루시안 : 가정에 들어가기 위해 우선 공부를 해야지.

◆아코 : 이상해요! 딱히 학력은 필요 없을 텐데요!

◆루시안 : 학력이 필요 없는 일 같은 건 없습니다!

◆아코 : 일하고 싶지 않아요오오오오.

우선 한 걸음씩.

올여름의 목표는, 아코가 수험 공부의 첫걸음을 내딛도록 도와주는 것이다.

1장

"내 여동생이 공적(空賊)이 될 리가 없어!"

강한 옆바람이 불며 비행선의 키가 약간 밀렸다.

키를 살짝 당기자 작은 선체는 순순히 응했다. 흔들렸던 뱃머리가 원래 방향으로 돌아갔다.

비행선에서 올려다보는 태양은 평소보다 크고, 훨씬 가깝게 보였다. 내 몸도 아닌데 더위를 느낄 정도다.

◆아코 : 우아한 모험이네요~.

◆슈바인 : 운해(雲海)를 거니는 건 기분 좋구만ㅋ

◆세테 : 이 주변은 아래쪽 구름이 두꺼우니까, 정말로 구름 위를 나아가는 것 같아.

배 여기저기로 흩어진 일행들이 느긋하게 말했다.

이런저런, 정말로 이런저런 일이 있었지만, 우리는 가까스로 비행선 상급 코어를 입수했다.

이후 소재를 모아 비행선을 건조해서, 지금은 훌륭한 하늘 위의 주민이다.

◆애플리코트 : 조타수, 상황은 어떤가.

이크, 나는 일해야지, 일.

미니맵을 힐끔 보고 마스터의 목소리에 답했다.

◆루시안 : 진로는 맞을 거야. 하지만 어디까지 왔는지, 현

재 위치가 어딘지는 확신할 수 없어.

　◆애플리코트 : 흠. 측량수, 어떠냐?

　◆슈바인 : 아~, 잠깐 기다려.

　뚜벅뚜벅 배 중심으로 이동한 슈가 이곳저곳을 돌아보며 말했다.

　◆슈바인 : 태양 위치가 저기고, 이그드라실이 저기잖아. 그럼 현재 위치는 B3 정도야. 조금만 더 가면 도착하지 않을까?

　◆애플리코트 : 문제없나 보군. 제군, 수고 많았다!

　그렇게 말한 마스터는 멋들어진 좌석에 몸을 기댔다.

　◆세테 : 왠지 잘난 척하고 있어~!

　◆애플리코트 : 그럼, 잘났지. 왜냐하면 선장이니까!

　마스터는 핫핫핫! 하고 드높이 웃었다.

　그 말대로, 이 비행선의 선장은 마스터다.

　이렇게 비행선에 탈 수 있게 된 것은 우리가 수학여행을 즐기는 사이 퀘스트에 힘써 준 마스터 덕분이었다.

　길드 마스터라는 걸 별개로 놓고서도 만장일치로 마스터가 선장으로 임명됐다.

　아니, 정말, 우리는 중간에 퀘스트에 대한 걸 완전히 잊어버렸을 정도였으니까.

　◆아코 : 마스터…… 선장님 덕분에 훌륭한 배가 완성됐으니까요!

　◆슈바인 : 훌륭하다고 해도, 이 몸한테는 조금 작은 배지

만 말이지ㅋ

◆애플리코트 : 대형선 같은 걸 만들어 봤자 어차피 우리밖에 안 타지 않나.

실제로 이 배는 조금 작다.

인원이 적은 앨리 캣츠용으로 건조했으니까 당연하긴 하지만.

◆슈바인 : 어디, 목적지는 이 주변 아닐까?

◆애플리코트 : 좋아, 아코!

◆아코 : 네~. 이영~차!

아코가 구령과 함께 커다란 보옥을 들었다.

태양빛을 모은 보옥은 반짝 빛나면서 한 줄기 빛을 내뿜었다.

◆루시안 : 오오, 한 방에 성공! 굉장하네, 슈.

◆슈바인 : 이 몸한테 걸리면 낙승이지. 야, 더 칭찬해.

◆세테 : 퀘스트 진행됐어~.

우리는 배를 몰고 모험 퀘스트를 진행하는 중이다.

아무런 표식도 없는 구름 속의 목적지에서 아이템을 사용해야 하는, 어려운 체크 포인트였다.

여기를 통과한다면 퀘스트 클리어도 곧 시야에 들어올지도?

◆아코 : 빛이 뻗어 간 방향에 육지가 보이는데요?

◆루시안 : 오, 저게 목적지인가?

◆애플리코트 : 부유섬인가. 틀림없군.

◆세테 : 왜 섬이 떠 있는 걸까?

◆아코 : 판타지네요.

◆애플리코트 : 그 이유는 선착장의 NPC가 말해주더군. 비행선 코어에도 사용되는 부유석이라는 물질이 다량으로 함유된 대지가 시간에 따라 하늘로 솟아오르는 거다. 그리고 긴 세월에 걸쳐서 구름 위에서 독자적인 세계가 형성된 거지!

◆세테 : 그 부분 설정, 제대로 정해져 있었구나?!

레전더리 에이지를 얕보면 안 된다. 이 게임, 뭔가 그런 아무래도 좋은 사항을 은근슬쩍 정해 놓는단 말이지.

◆애플리코트 : 그럼 확인해 볼까.

마스터가 선장석에서 일어났다.

◆애플리코트 : 우리는 부유대륙 수색 퀘스트 중반을 진행하는 중이다. 퀘스트 진행 루트에 따라 마을에서 멀리 떨어진 이 섬을 목표로 해서 찾아온 거지.

◆슈바인 : 다시 말해서, 저 섬은 어떤 플레이어라도 한 번은 찾아오지만 사람은 별로 없는 곳이라 이거구만.

◆세테 : 그렇다면······.

즉, 그런 거다.

◆아코 : 어, 어라?

아코가 움찔 반응했다.

◆아코 : 으음, 이거, 그거 맞죠? 레이더에 뭔가 비치고 있어요.

◆애플리코트 : 용케 눈치챘구나. 레이더 요원. 색상은 어떠냐?

◆아코 : 색상은…… 빨개요! 적색이에요!

◆세테 : 에엑? 역시?

◆슈바인 : 뭐, 공적(空賊)이 기다리기에는 베스트 포지션이잖냐. 포기해.

◆루시안 : 그야 있겠지. 젠장.

이 비행선 시스템은 직접 만든 배로 이런저런 일을 할 수 있게 되어 있는데, 그중에서도 곤란한 것이 공적이다.

플레이어를 무차별적으로 덮쳐서 그 배를 격침시키면 화물이나 배의 파츠를 빼앗을 수 있는 게 공적 시스템이다.

이곳처럼 퀘스트 중계 지점이 되는 곳에서는 공적이 호시탐탐 사냥감을 노리고 있다.

◆세테 : 으~음. 적은 중형선이네. 전투용일까?

◆슈바인 : 길드는 푸른 날개, 배의 이름은 본 보야지호라는구만.

◆아코 : 이쪽은 모험용 소형선이잖아요! 도망쳐요!

변함없이 대인전을 거북해하는 아코가 소극적인 제안을 했다.

하지만, 그렇지. 이쪽은 모험용 소형선이고, 저쪽은 전투용 중형선이다. 일반적으로 생각하면 도망치는 게 좋기는 하다.

◆루시안 : 속도를 보아하니 여유롭게 뿌리칠 수 있을 것

같은데, 어떡할래? 선장.

　◆애플리코트 : 우리는 부유대륙의 수수께끼를 풀기 위해 여기에 왔다. 목적지가 눈앞에 있는데 적선 한두 척 정도로 멈춰 설 수야 없지!

　◆아코 : 그게 뭐예요! 돌아갔다가 다시 와도 되잖아요!

　◆슈바인 : 선장이 이렇게 말하니 어쩔 수 없잖냐ㅋ

　◆루시안 : 어쩔 수 없네.

가는 것도, 안 가는 것도 선장에게 달렸다.

한번 날아오른 이상, 이후부터는 구름 밑바닥까지 어울려 줘야지.

　◆애플리코트 : 조타수 루시안, 배의 상태는 어떠냐.

　◆루시안 : 전속력으로 갈 수 있어.

　◆애플리코트 : 좋아. 포수 세테, 준비는 됐나?

　◆세테 : 언제든 쏠 수 있어~.

　◆애플리코트 : 측량, 전투반 슈바인!

　◆슈바인 : 승선해 오면 맡겨두라고. 전부 베어버리겠어!

　◆애플리코트 : 아코, 레이더와 대미지 컨트롤은 부탁하마.

　◆아코 : 맞지 말아주세요~.

　◆루시안 : 가급적 그렇게 하겠지만!

전원 준비 완료를 확인한 선장은 손가락을 들어 적선을 똑바로 가리켰다.

　◆애플리코트 : 포포리호, 제1종 전투 배치! 속도는 그대로,

진로는 적선으로!

◆루시안 : 오케이, 일직선으로 간다!

키를 조금 왼쪽으로 움직이는 버튼을 눌러서 배를 적 쪽으로 돌렸다.

구름을 가르며 나아가는 비행선, 길드 앨리 캣츠 기함 포포리호를 바라보던 슈가 나지막하게 말했다.

◆슈바인 : ……이 배, 왜 우리 집 고양이 이름으로 지었지?

◆루시안 : 네가 붙인 거잖아!

여러 후보가 있었지만, 애착이 가는 이름이 좋다고 하니까!

◆루시안 : 그보다도 적과의 거리 부탁해!

◆슈바인 : 그래그래. 거리 3000, 곧 사정거리 안으로 들어올 거야.

◆애플리코트 : 훗. 녀석들, 황급히 배를 돌리고 있군.

설마 소형선이 일직선으로 다가올 줄은 몰랐겠지. 진행 방향에 있는 적선이 진로를 바꿔서 좌현을 이쪽으로 돌리기 위해 움직였다.

비행선이라는 판타지 같은 배지만, 구조는 옛날 범선과 같다.

대포는 대부분 배 옆에 붙어 있으니까, 적을 향해 우현이나 좌현을 돌리지 않으면 못 쏜단 말이지.

단, 모든 대포가 배 옆에 붙어있는 건 아니다.

◆슈바인 : 적선 사정거리 내. 탄막이 얇네~, 뭐 하는 거야.

◆루시안 : 그거, 비행선이 추가되고 나서 모두가 말했을걸.

◆애플리코트 : 좋아, 세테! 포포리포, 발사!

◆세테 : 네~. 선수(船首), 초대형 캐러네이드포, 발사!

배 앞부분에 설치해 놓은 커다란 대포에서 폭음이 터져 나왔다.

동시에 쇳덩어리가 튀어나가며 선속이 부쩍 떨어졌다.

◆루시안 : 정말 굉장한 충격이네. 쏘니까 배의 속도가 떨어졌어.

◆아코 : 제대로 맞았나요?

◆슈바인 : 으음…… 오, 맞았네.

◆세테 : 돛대가 하나 부러졌는데, 크리티컬은 아닌 것 같아! 미안~!

◆애플리코트 : 충분하다! 적의 공격 범위에서 벗어나자. 우현 전타!

◆루시안 : 라저~.

배를 오른쪽으로 틀자, 포포리호는 소형선의 우위를 살려서 엄청난 기세로 진로를 바꿨다.

대포를 쏴서 감속된 속도도 바로 되돌아와서 고속으로 적의 전방으로 돌아 들어갔다.

◆세테 : 장전 끝났어~.

◆루시안 : 돌아 들어갔어! 선수 겨누고 있고!

◆애플리코트 : 좋아! 원하는 타이밍에 쏴라!

◆세테 : 레디~, 에임(aim), 파이어~!

다시 날아간 포탄.

포물선을 그리며 날아간 쇳덩어리는 훌륭하게 뱃머리에서 한가운데까지를 관통했다.

◆세테 : 예~! 크리티컬!

◆슈바인 : 나이스샷~!

배 이곳저곳에서 폭염이 터지고, 배 위의 공적 플레이어가 우왕좌왕하는 게 보였다.

다섯 명밖에 타지 않은 우리 배와 달리 저쪽에는 열 명 이상의 캐릭터가 타고 있는 모양이었다.

필사적으로 응급처치를 하고 있지만, 용골이 부러진 데다 탄약에 인화됐다. 아무리 용을 써도 버티지 못할 거다.

◆루시안 : 이거 격침됐네. 수리 열심히 해주세요.

◆아코 : 우우우, 저런 커다란 걸 고치다니, 상상만 해도 오싹해져요.

◆슈바인 : 그야 소형선을 상대로 이렇게 바로 패할 줄은 몰랐겠지.

◆애플리코트 : 포포리호는 대형선에도 사용하는 상급 코어를 장비하고 있다만? 중형선 따위는 당연히 이길 수 있다.

◆세테 : 그, 그런가~?

확실히 이 배는 마스터가 노력해서 얻은 상급 코어를 탑재했다.

평범한 길드라면 대형선에 사용하는 코어니까, 양산형 중형선보다 강하더라도 이상하지는 않지만…… 이기는 게 맞는 건가?

◆애플리코트 : 잘 가라, 푸른 날개. 본 보야지.

◆아코 : 무슨 뜻인가요?

◆세테 : 프랑스어로 『좋은 여행을~』이라는 뜻이야.

◆슈바인 : 얄궂은 배 이름이 되었네.

구름 사이로 가라앉는 공적선을 배웅한 우리는 목적지인 부유섬에 상륙했다.

††† ††† †††

수학여행에서 돌아오자마자 대형 업데이트 『엘더즈 가든 ~천공을 향한 도전~』이 무사히 출시되었다.

광대한 운해 맵을 무대로 한 하늘 여행과 미지의 섬을 도는 모험, 마을들을 연결하는 교역, 배끼리의 포격전이나 접선한 뒤의 근접전이 정말 재미있어 보였기에, 우리도 하늘에 도전하기 위해 바로 배를 만들기로 했다.

비행선은 선체의 크기, 엔진 출력, 교역 아이템을 싣는 적재량이나 승선 가능한 인원, 대포 개수 등의 수치를 분배해서 취향에 맞게 디자인할 수 있었다.

그것에 한껏 파고든 우리가 고집에 고집을 거듭하며 디자인하고, 일주일 이상 소재를 모아서 마침내 완성한 것이 포포리호다.

그 무렵에는 대부분의 플레이어가 비행선을 만들어서 하늘에 도전했고, 그걸 덮치는 공적도 점점 늘어나서— 지금은 바야흐로 대공적시대를 맞이했다.

◆슈바인 : 후우, 이걸로 겨우 퀘를 진행할 수 있겠네.

◆세테 : 퀘스트창을 보면, 이걸로 절반 정도일까?

◆아코 : 라피타[#2]는 머네요.

◆슈바인 : 라피타라고 하지 마.

◆루시안 : 부유대륙 엘더즈 가든이라고 적혀 있잖아. 퀘스트명도 그랬고.

◆아코 : 아무도 그런 이름으로 안 부르잖아요.

◆세테 : 라피타가 너무 익숙하니까. 어쩔 수 없어.

전원 배에 올라타자, 운해에 뜬 조그만 섬에서 다시 출발했다.

이렇듯 하늘의 맵에는 상륙 지점이나 공중에 떠 있는 마을, 거기에 지상의 마을과의 연락지점 등등이 산더미처럼 있는지라 키를 잡은 나는 맵을 익히는 것만으로도 힘들었다.

◆루시안 : 그럼 보고하러 돌아가자.

◆애플리코트 : 미안하다, 슬슬 저녁 식사를 해야 한다. 가장 가까운 마을에 기항해 주면 고맙겠는데.

◆세테 : 아, 진짜다! 이제 꺼야 해!

#2 라피타 일본 애니메이션 『천공의 섬 라퓨타』에 나오는 하늘을 날아다니는 성 라퓨타의 패러디.

◆루시안 : 스톱, 스톱! 지금 끄면 아코가 포수가 되잖아!

◆아코 : 저는 안 되는 건가요?!

◆루시안 : 제대로 쏴준다면야 전혀 상관없지만!

◆아코 : 그치만 맞은 사람은, 수리해야 하잖아요?!

◆애플리코트 : 쏘지 않으면 우리가 수리하게 된다만.

아코도 쓰러뜨릴 작정으로 포수를 한다면 꽤 잘할 것 같은데.

뭐, 사람에게는 잘하고 못하는 게 있으니까.

◆세테 : 그냥 자동조종으로 항구로 돌아가면 되지 않아?

◆루시안 : 그러다가 격침당하면 수리하는 데 얼마나 들지 모른다고!

◆아코 : 저는 못 내요!

자동조종은 습격을 당해도 저항할 수 없으니까 사용하기 무섭단 말이지.

◆루시안 : 다들 조금만 기다려. 전속력으로 갈 테니까.

엄청난 기세로 운해를 내달려서 어떻게든 가장 가까운 마을까지 왔다.

수도에서는 꽤 멀리 떨어진 마을이지만, 그래도 많은 배가 왕래하고 있었다.

이렇게 다들 하늘로 나와 있으면, 일반 맵에는 사람이 없지 않을까?

◆애플리코트 : 그럼 나는 일단 끄도록 하마.

◆세테 : 밥 먹고 올게～.

◆루시안 : 그럼 나도 끌게.

클라이언트를 끄고 후우, 하고 숨을 내쉬었다.

"벌써 시간이 이렇게 되었나……."

왠지 모르게 중얼거린 그 말에—.

"시간이 가는 건 빠르네요～."

당연한 듯이 대답이 돌아왔다.

말할 것도 없이, 나의 신부 아코입니다.

여름방학인 걸 이용해서 완전히 우리 집에 눌러앉아 버렸다.

자기 집에 있으면 나태하게 보내는 것 같으니까 어쩔 수 없지만.

"비행선이 너무 즐거워서 단숨에 하루가 끝나 버리네."

"저도 레이더 감시 요원으로서 노력했어요!"

"레이더도 대미지 컨트롤도 중요한 임무니까. 잘 부탁해."

하우징 시스템을 유용해서 만든 비행선은 아코 외에는 아무도 스킬로 수리할 수 없다.

수리 키트를 사용하면 누구든 고칠 수 있지만, 그런 것에 돈을 쓰고 싶지 않으니까.

"아, 맞다. 들어 보니까 검은 마술사 씨네 길드가 커다란 비행선을 완성했다고 하더라."

"정말인가요? 타보고 싶어요!"

"승무원 수가 무려 60명이라서 언제든 태워줄 수 있대."

"후와~."

눈을 크게 뜨고 감탄하던 아코는 살짝 쓴웃음을 지으며 말했다.

"······승무원을 그렇게 강화해도 괜찮은 건가요?"

"뭐, 응······ 그쪽은 고려하고 있겠지. 그 사람이라면······."

비행선을 건조할 때에는 어느 부분을 우선해서 강화할지 고를 필요가 있다.

즉, 대형 길드가 길드 멤버 모두를 태우려고 하면, 필연적으로 승선 인원이 늘어나는 대신 다른 수치가 약해지게 된단 말이지.

그래도 습격을 받아 적이 승선하게 되면 플레이어가 직접 전투해야 하는지라 사람을 너무 태우지 않는 것도 위험하니까, 역시 밸런스가 중요하다고 한다.

—우리 배는 그런 밸런스를 전혀 고려하지 않았지만.

"자, 그럼. 시간도 이렇게 됐으니까 아코는 슬슬 돌아가야지."

"조금 더 같이 있고 싶은데요~."

"매달리는 표정으로 이쪽을 바라봐도 안 돼."

여름방학이라고 해서 너무 오래 있으면 아코네 어머니한테 미안하니까.

"자, 바래다줄 테니까 돌아가자."

"네~."

아코와 방을 나와서 현관으로 향했다.

마침 거실 앞을 지나가려던 그때—.

"어? 아코 언니, 돌아가는 거야?"

거실에서 나온 미즈키가 말했다.

가끔 밑에서 소리가 들린다 싶었는데, 이쪽에 있었나.

"실례했습니다~."

"시간이 늦었으니까, 잠깐 바래다주고 올게."

"에엑?!"

그렇게 말하자 미즈키가 입가에 손을 댔다.

"어쩌지? 아코 언니 몫까지 밥을 만들었는데……."

"어째서?!"

"먹고 돌아갈지도~ 라고 생각했는걸."

게다가, 하고 미즈키가 거실 쪽을 바라봤다.

"……밥, 안 먹어요?"

안경 쓴 어른스러운 여자아이가 쏙 튀어나왔다.

"모처럼 만들었는데, 안 먹어요? 안 먹나요?"

"어, 어어."

어른스러운 건 외모뿐인, 오히려 무척 드센 아이, 후타바 미캉이었다.

"후타바도 와 있었구나."

"4인분이나 3인분이나 별로 다르지 않으니까 만들었거든."

"아~, 그렇구나."

"루시안, 루시안."

아코는 기대감으로 가득한 표정으로 나를 바라봤다.

으~음. 어쩔 수 없네.

"……집에 연락해서 괜찮다고 한다면."

"오케이였어요!"

아코가 내게 휴대전화 화면을 확 내밀었다.

에잇, 이럴 때만 행동이 빨라!

"잘 먹겠습니다~."

"네, 드세요~."

저녁은 카레였다.

좋은 냄새가 나는구나 했는데, 우리 집에서 나는 거였구나.

"평범……하다고 생각하지만, 왠지 공을 들인 것 같은데?"

"향신료부터 만들어봤습니다!"

"봤습니다."

"오~, 굉장하네."

귀찮은 일인데 용케 했네.

역시 조리부와, 조리부에 가끔 얼굴을 내미는 두 사람답다.

"우와, 진짜 맛있어."

"이번에는 내가 봐도 잘 만들었거든."

"이 당근은 내가 잘랐어요."

후타바가 흥, 하고 콧김을 거칠게 뿜으며 말했다.

아니, 정말로, 수고가 많으셨겠습니다.

그런데 아코는 뭔가 복잡한 얼굴로 숟가락을 들고 있는데, 왜 저러지?

"이게 니시무라 가의 맛…… 기억해서 돌아가야……!"

그걸 고민하고 있었어?!

"저기, 아코 언니? 엄마는 언제나 평범한 카레 루를 쓰는데?"

"미즈키가 열심히 요리할 때 말고는, 우리 집의 맛은 식품 회사의 맛이라고."

나도 엄마도 신세 지고 있습니다.

그나저나, 오늘 식탁은 활기차네.

"가족 네 명이 모이는 일도 그리 많지 않은데, 설마 같은 학교에 같은 게임을 하는 네 명이 모이다니."

"오빠. 꽃다운 여고생 세 명하고 같이 밥을 먹다니, 보통은 비싸거든?"

"뭣이라? 남자 고등학생도 싸구려는 아니거든?"

"남자는 100g에 49엔 정도잖아."

"특가 세일도 정도가 있지."

어디 고기냐고. 너무 싸잖아.

그렇게 미즈키와 이야기를 나누고 있는데, 아코가 우리를 빤~히 바라보며 말했다.

"루시안하고 슈슈, 사이좋아서 부러워요."

"평범하지 않아?"

"응응."

아키야마도 동생을 귀여워한다고 했었고.

……그 녀석의 귀여워한다는 말이 무엇을 의미하는 건지는 모르겠지만.

"역시 형제자매는 필요할까요……."

아코는 숟가락을 한 손에 들고 으으음 하고 신음한 뒤, 손뼉을 쳤다.

"그래요! 루시안, 아이는 둘 낳아요!"

"그만둬."

"읍! 콜록콜록!"

설마 하던 아코의 발언에, 내가 아니라 후타바가 뿜었다.

"왜 그래? 후타바."

"정말로, 그런 관계?"

"그런 관계라니, 무슨 소리야?"

"선배. 게임만이 아니라, 현실에서도 결혼했어요?"

진지한 얼굴로 무슨 소리야?!

"그냥 연인인 줄, 알았는데요."

"그게 맞아!"

"네. 부부예요."

"연인이라는데."

"부부예요오."

"그래, 알았어. 그 건에 대해서는 조금 나중에 다시 이야기해 보자고."

절대로 해답은 나오지 않겠지만!

"뭐, 뭐랄까. 대충 이런 관계니까."

"애매모호하네요~."

"누구 탓이라고 생각하는 거야?"

"하우아우아우아우~."

너 때문이잖아, 하고 아코의 얼굴을 쭈~욱 잡아당겼다.

이 녀석, 쓸데없이 부드러운 건 변함이 없다니까.

필사적으로 내게서 도망치는 아코를 놓아주는데⋯⋯.

"⋯⋯."

후타바는 우리를 빤~히 바라보더니, 살짝 고개를 갸웃했다.

"선배들에 대한 거, 잘 몰라요."

"그러고 보니, 그다지 이야기한 적은 없었지."

"기회가 없었잖아요."

그렇긴 하지. 우리는 딱히 자기 이야기를 하는 타입이 아니니까.

"우리도 후타바에 대한 건 잘 모르니까."

"그렇죠~."

"⋯⋯."

나와 아코가 그렇게 말하자, 후타바는 약간 쓸쓸한 표정을 지었다.

왜 그런— 아니, 잠깐만. 그래, 그런 거였나!

"아니아니, 그게 아니야! 딱히 후타바에게 흥미가 없는 건 아니거든?!"

왠지 후타바에 대한 건 알고 싶지 않다는 오해를 부르는 말투였다. 미안!

"온라인 게임 안에서는 현실에 대한 걸 캐내지 않는 게 룰처럼 되어 있어서, 같이 놀거나 즐길 수만 있으면 그 이상은 묻지 않는 게 버릇이 되었다고."

"성격이 밝은 분들은 좀 더 서로에 대한 걸 미주알고주알 이야기하나요?"

"미주알고주알 이야기하는지는 모르겠지만."

만난 그날에 가족 구성이나 과거 이력 같은 걸 전부 이야기하거나 그러는 걸까.

"오빠. 때때로 남한테 흥미 없는 것처럼 보이거든?"

"그렇지는 않은데."

이 바닥은 몇 년을 함께 있어도 현실의 이름조차 모르는 게 보통이니까.

"그렇지. 평범한 관계라면 좀 더, 상대에 대한 걸 물어보기도 하는 거였어."

"미캉은 학교 친구니까, 숨길 필요는 없었네요."

이야~, 맹점이었어. 아코와 함께 고개를 끄덕였다.

후타바도 게임 동료 같은 감각이었으니까.

"그럼, 물어봐도 돼요?"

"해봐, 해봐."

"저희가 처음 친해진 계기를 말해볼까요?"

그건 말하지 않을 거고, 말하게 두지도 않아.

아무튼 과연 뭘 물어볼까 싶었는데…….

"선배와 미즈키네 집…… 어떻게 된 건가요?"

어, 우리 집 이야기? 뭔가 신경 쓰이는 점이라도?

"어떻게, 라고 말해도……."

"아줌마. 안 돌아오니까."

"아니아니, 돌아오는 날은 평범하게 돌아오거든?!"

왠지 집을 나간 것처럼 말하는 건 그만둬!

"당연한 것처럼 미즈키가 밥을 만들어서."

"내가 만드는 날도 있거든?!"

"아저씨의 존재를 본 적도 없고."

"……아버지는, 뭐……."

가끔은 날짜가 바뀌기 전에 돌아오는 날도 있으니까, 응.

"저도 제대로 들은 적 없어요."

아코도 흥미진진하게 숟가락을 놨다.

으응? 그렇게 이상한 집인가?

"평범하다고 생각하는데 말이지."

"딱히 이야기하지 못할 건 없지?"

특별한 게 없으니까 화제로 꺼내지 않았을 뿐이다.

"오늘은 아니지만, 저녁도 원래는 엄마가 만들어 주거든?"

"엄마가 늦거나 바쁠 때만 내가 만들거나 오빠가 만들거나, 그러니까."

"딱히 로테이션이나 의무 같은 게 있는 건 아니고, 뭔가 먹고 싶다고 생각하면 자기가 만들 뿐이니까."

"아~, 옛날에는 오빠가 만들었으니까, 대부분 고기를 구운 것만 나왔었어."

"남자의 요리는 구이라는 선택밖에 없잖아."

열심히 노력해봤자 면을 삶는 것 정도다.

"저도 루시안이 구운 고기를 먹고 싶어요!"

"다음에 고깃집이라도 갈까. 얼마든지 구워 줄게."

"오빠 돈으로 고기 먹고 싶어!"

"야, 여동생. 그런 말 어디서 배웠어?!"

"납득."

와글와글 떠드는 우리를 보던 후타바가 고개를 끄덕였다.

"선배는, 나한테 듣고 싶은 거, 없나요?"

"으음~."

가족 구성 같은 걸 묻는 건 아직 이른 느낌이니까.

"일단 알고 싶은 건, 오늘은 둘이서 뭐하고 있었어?"

"오빠네하고 똑같아."

"LA 했었어요."

오, 두 사람도 하고 있었나.

후타바와 미즈키, 잽싸게 길드를 나가버려서 동향을 파악하기가 힘들단 말이지.

"길드를 만들어서, 둘이서 배도 만들었어."

"굉장하잖아."

"씨익."

이 후배, 씨익이라는 말을 입으로 꺼냈잖아.

"근데 오빠네처럼 잘하지는 못해."

"아니아니, 우리도 배 조작은 아직 멀었거든?"

"어? 근데 아까 공적 하던 사람이 졌다고 했는데."

"정보 퍼지는 거 빠르네!"

"공적에게는 공적의 정보망이 있는 법이야, 오빠."

미즈키가 자랑스럽게 말했다.

그야 공적은 공적끼리 연계할 테니까, 정보가 흐르는 게 빠르…… 응? 으응?

"슈, 슈슈?"

잠깐, 잠깐 기다려. 이 녀석, 지금 뭐라고 했지?

공적에게는 공적의 정보망이 있다?

그럼 그걸 본 미즈키는 뭐지?

"우리 배는, 이런 거."

미캉이 휴대전화를 테이블에 올려놨다.

화면에는, 대포를 양현에 단 전투용 소형선의 스크린샷이 있었다.

깃발에는 커다란 카츄샤 같은 엠블럼이 그려져 있어서, 꽤 기합이 들어갔다는 걸 알 수 있었다.

"이, 이거……."

하지만, 눈에 들어온 건 그게 아니라…….

평소에는 거들떠보지도 않는, 화면 중앙에 비치는 배의 이름.

우리 배라면 포포리호라고 적혀있는 부분.

화면에는 발레타호라고 적혀 있으니까, 그게 두 사람의 배 이름이겠지.

하지만, 그 글자가— 빨갛다.

엄청나게, 새빨간, 적색이다.

"미, 미즈키? 후타바?"

"응?"

"네."

"둘이서…… 공적, 하고 있어?"

"응, 열심히 하고 있어!"

"오늘은 마침내 한 척 격침시켰어요."

바로 수긍하는 미즈키와, 엄지를 척 세우는 후타바.

그런, 말도 안 돼, 있을 수 없어.

내 여동생이 공적이 될 리가 없어!

아무리 현실도피를 해봤자, 사실은 변하지 않는 법이다.

"자, 사정 청취를 할게요."

"빨리빨리 실토해."

"에엑?! 나쁜 짓은 전혀 안 했는걸!"

"누명."

"나쁘지 않은 사람은 레드 네임 같은 게 되지 않는다고!"

"죄가 없는 일반인을 덮치다니 극악인이에요!"

우리도 공적에게는 골머리를 썩이고 있는데. 정말이지…….

공적 행위로 인해 부여되는 레드 네임은 플레이어가 아니라 배에 붙는다.

플레이어에 붙게 되면 새로운 캐릭터를 만들거나 선장을 바꾸면 블루 네임으로 돌아가니까, 건조하는 데 시간과 돈이 드는 배 쪽으로 붙이는 거겠지.

즉, 후타바와 미즈키는 발레타호라는 배를 몰고 일반 플레이어를 실컷 덮치고 있었다는 뜻이 된다.

"후타바, 여름방학에 자주 놀러 온다고 생각했는데, 둘이서 공적을 하고 있었던 거냐……."

"지금까지 덮쳐온 사람들 중에는 없었죠?"

"오빠네도 만나면 덮치려고 했는데?"

"무섭잖아."

왜 여동생에게 습격을 당해야 하는 거냐고.

게다가 후타바는 오히려 도발적인 시선으로 말했다.

"선배를 쓰러뜨리는 게 목적."

"우리, 그렇게 원한을 산 거야?!"

"나, 나쁜 짓을 했었던가요?!"

당황하는 나와 아코 앞에서, 후타바는 고개를 붕붕 내저었다.

"원한은 없어요. 단지, 선배네 배를 쓰러뜨리면, 선장인 부장님을 이긴 거나 마찬가지."

"그야 그렇지만."

"나는 선장이고, 키도 잡고 있으니까, 선배한테도 이긴 게 돼요."

"조타수로서 지는 게…… 되겠지. 응."

"즉, 선배네 배를 격추하면, 마침내 전승."

전승이라니…… 그건가!

우리를 전원 쓰러뜨리겠다면서 가끔 도전했던 그거!

"그거 아직도 노력하고 있었던 거냐!"

"여름방학 목표."

"여름방학 중에는 계속 노리는 건가요……."

아코가 질색하며 말했다.

우리는 느긋하게 운해 대모험을 즐기고 싶으니까, 민폐도 이런 민폐가 없다.

"근데 미캉, 왜 일부러 여름방학 목표로 삼은 건가요?"

"문화제에 늦지 않게, 입부하고 싶어서요."

아, 그렇구나. 서두르지 않으면 문화제에는 늦는 건가.

"……."

한동안 고민한 뒤—

"후타바, 입부하고 싶었어?!"

"입부 희망, 이에요."

그녀는 고개를 끄덕였다.

"오빠…… 아무 흥미도 없었다면 게임을 계속하지 않잖아……."

"단순히 게임이 마음에 들었던 거라고 생각했었어!"

평범한 게임 친구 감각이었으니까!

"그럼 언제든 입부하면 되잖아. 다들 환영할 거야!"

얼굴도 자주 내밀고, 이미 감각적으로는 부원 같은 셈이니까.

내가 그렇게 말하자, 후타바는 무척 진지한 표정으로 고개를 내저었다.

"나도 잘할 수 있다는 걸 보여주기 전까지는, 못 들어가요."

"딱히 상관없잖아요."

"대등하기에 동료, 라고 생각해요."

변함없이 지기 싫어하네. 딱히 상관없는데.

"미캉이 하겠다고 해서, 나도 도와주고 있어."

"도와주려고 공적이 되었다는 것도 꽤 굉장하네……."

의리가 있는 건지, 우정이 두터운 건지.

후타바가 혼자 열심히 공적 일을 하는 것보다는 그나마 안심하고 볼 수 있지만.

"아, 근데 공적이라고 해도, 정말로 그렇게 나쁜 일은 한 건 아니거든?"

"강해 보이는 커다란 배밖에 안 덮쳐요."

"응. 열심히 하고 있는걸."

"향상심 강한 공적이네!"

자기보다 강한 배밖에 덮치지 않는 공적이라니, 대체 무슨 도적이야.

"그러고도 이길 수 있나요?"

"못 이겨!"

"지기만 할 뿐."

"작은 배는 수리가 간단해서 다행이라니까."

"수리에 쓰는 소재 모으기도 이제 익숙해졌어요."

"얼마나 격침당한 거야……."

이 녀석들, 고1 여름방학을 풀(full)로 써서 즐기고 있네.

"맞다, 오빠! 어떤 배에 타고 있는지 가르쳐줘."

"왜 지금부터 덮치겠다고 말하는 상대에게 정보를 알려줘야 하는데."

그런 짓을 했다가는 완벽하게 배신자잖아.

"그러면 미캉이 입부 못하잖아?"

"그야 그렇지만!"

"모두가 지면, 저한테 후배 부원이 생기는 건가요?!"

아코가 반짝반짝 눈을 빛내고 있어!

아코, 선배라고 불러주는 걸 좋아한단 말이지.

"어쩔 수 없네. 이건 비밀이야."

"응응."

"역시 선배."

거기, 배신하는 걸 칭찬하지 마. 괴로워지니까.

"근데 말이지. 어떻게 설명해야 좋을까."

아코에게 시선을 돌리자—.

"전혀 모르겠어요!"

이쪽도 헤헷, 하고 웃었다.

하긴 그렇겠지. 어째서 이렇게 잘 싸울 수 있는지조차 모르니까.

"으음, 그게, 일단 두 사람의 배는 무슨 코어를 쓰고 있어?"

"하급."

"팔고 있는 녀석인가. 하긴 그렇겠지."

소형선은 보통 그걸 쓸 테니까.

"같은 소형선이지만, 우리는 상급 코어를 쓰고 있어."

"그래도 다른 파츠는 그렇게까지 다르지 않잖아?"

"그렇지."

파츠 자체는 선체 사이즈별로 공통이다.

그런 점에서는 최종적으로 비슷한 장비를 달게 될 거다.

"하지만 이 게임의 조선(造船) 시스템은 선체를 고른 뒤에 어느 정도 수치를 배분하잖아. 승무원이라든가, 대포 수라든가, 엔진 출력이라든가."

"우리 배, 승무원을 줄이고 대포를 늘렸어요."

"응응, 그런 느낌이지."

보통은 그렇게 조금씩, 조금씩 조절해서 밸런스를 맞추지만, 우리 배는 조금 다르다.

"포포리호, 선체는 모험용 속도 중시 타입. 그리고 승무원은 최소로 하고, 교역품 적재도 제로. 대포도 1문까지 떨어뜨렸어."

"에에엑?! 다른 건 뭐에 투자했는데?"

"기동력."

전부 기동력. 그것 하나.

"최고 속력에 올인하고, 가속력도 최대, 선회성능도 선체 파츠로 한계까지 올렸어."

"그, 그런 배를 뭐에 쓰는데?"

"뭐냐니…… 모험용 배니까, 그야 모험이지."

교역을 하고 싶어지면 교역 전용 배를 만들면 된다. 싸우고 싶어지면 그것도 따로 만들면 된다. 지금은 빠르고 편리한 배로 이 세계를 모험할 거다.

그것만 생각해서 만든 배가, 앨리 캣츠 기함 포포리호다.

"대포가 1문이니까 좌우에 달면 밸런스가 안 좋아져서 선수에만 달아놨거든."

"그래도 에너지가 남지 않아?"

"왠지 남아도는 에너지도 제대로 사용하는 것 같단 말이지. 한계를 넘어서."

잉여 코스트의 일부는 투자한 수치에 보정을 해주는 걸지도 모른다.

결과적으로 빠르고, 커브도 잘 돌고, 왠지 선수에 달린 대포만 꽤 강한 배가 완성됐다.

"속도 중시의 소형선······."

"약해 보여."

"응. 찾으면 이길 수 있을 것 같아."

두 사람은 기쁜 듯이 고개를 끄덕였다.

"열심히 대책을 생각해야겠네!"

"응, 꼭 이기자."

"두 사람 다 즐거워 보이네요."

"표적은 우리지만."

습격해 오는 후배 공적. 그리고 의기양양하게 입부하는 후타바를 상상하자 이쪽도 꽤 즐거울 것 같다.

응, 올해도 재미있는 여름방학이 될 것 같네.

†††　†††　†††

"미캉이 자고 간다면 저도 괜찮잖아요!"

"안~ 돼~!"

"어째서인가요!"

"이유가 너무 많아서 한마디로 대답할 수 없어."

카레를 다 먹은 타이밍에 아니나 다를까 아코가 떼를 썼다.

"엄마한테 허가도 받았으니까요!"

"아무 이유도 없이 갑자기 묵는 건 이상하잖아."

이걸 인정하면 매일 묵으러 올 것 같기도 하고.

"어머님은 언제든 와도 된다고 하셨다고요!"

"자고 가라고까지는 하지 않았잖아!"

그래 봬도 멀쩡한 사람이니까, 이런 부분은 엄하다고.

"자~ 돌아가자~."

"후에엥~! 슈슈. 새언니를 도와주세요!"

"수고했어요. 아코 언니."

"왜 새언니라고 말해주지 않는 건가요오오오오오."

"수고."

어이없어하는 미즈키와 냉큼 손을 흔드는 후타바의 배웅을 받으며, 우리는 집을 나왔다.

한여름의 저녁은 아직 더웠고, 저녁을 먹은 뒤지만 태양도 아직 저물지 않았다.

나란히 걷는 우리도 어쩔 수 없이 땀에 젖었다.

"우우, 불공평해요. 아내인 제가 친정으로 돌아가고, 미캉은 자고 가다니……."

"여자끼리인 친구의 좋은 점이네."

같은 방에서 자도 괜찮으니까.

"아코도 묵고 싶을 때는 제대로 사전에 연락을 하도록."

"그러면 무조건 슈랑 다른 일행도 부르잖아요!"

"그야 부르지!"

그보다, 이걸로 몰아세우는 건 납득할 수 없어.

"오히려 오랫동안 함께할 생각이 있으니까 대충 넘기지 않는 거야."

동급생 여자아이를 자기 집에서 외박시키고 아침에 돌려보내다니, 너무 나쁜 남자잖아.

"아코네 부모님한테 고개를 들지 못하는 일은 하고 싶지 않다고."

"그런 말을 하면 기뻐서 납득하게 되잖아요!"

"순순히 납득해 주시죠."

"그치만~!"

"자, 자~."

"꺄우~."

우~ 우~ 신음하면서 고민하는 아코의 머리를 툭툭 두들기자, 간지럽다는 듯이 떨어졌다.

"후타바 말이 나와서 말인데, 조금 안심했어."

"네?"

아까 후타바가 입부하고 싶다고 했을 때, 조금 불안했었다.

"아코는 부원이 늘어나는 걸 싫어하지 않을까 했거든."

"에이~, 저도 스스로 부원을 찾았었잖아요!"

"그렇긴 하지만, 결국 없는 게 낫다는 결론이 나왔잖아."

길드 멤버가 늘어났을 때도 리액션이 미묘했었고.

"그보다 나도 부원이 늘어나 봤자 말이지~, 라고 생각하고 있어서."

"그 마음 이해해요. 하지만, 미캉은 다르니까요."

그렇게 말한 뒤, 아코가 의아한 듯이 위를 올려다보며 말했다.

"어라? 정말로 미캉은 괜찮다는 느낌이 드네요."

"그러게."

왠지 후타바라면 오케이라는 느낌이 든단 말이지.

길드나 부활동 같은 건 상관없이 친구가 되었고, 친구가 되었으니까 들어오면 좋겠다. 뭐, 그런 건가?

"어째서일까. 지금까지도 자주 함께 놀아서 그런가?"

"항상 모이는 장소에 찾아오던 사람이 길드에 들어와 준 것 같은 기분이에요."

"아~. 이해해, 이해해. 이제야 들어오는구나~ 라고 생각하게 되지."

앨리 캣츠는 집합 장소가 실내니까 그런 일은 별로 없지만.

"근데 말은 그렇지만, 우리가 격침당하지 않으면 입부해 주지 않을 것 같은데."

"그냥 들어와 주면 될 텐데요……."

우리 부, 이상한 사람밖에 안 온단 말이지.

"하지만 이제 저도 어엿한 선배예요!"

"선배라니, 그렇게 기쁜 거야?"

"후배가 생겨본 적이 없으니까, 역시 기뻐요."

아코는 정말로 기쁜 듯이 폴짝폴짝 뛰면서 걸었다.

"하지만, 스스로도 전혀 선배답지 않다는 생각이 들긴 해요."

"미캉에게 처음으로 진 거, 아코니까……."

"프, 플레이어 스킬과는 다른 부분에서 선배다운 모습을 보여주려고 해요!"

"다른 부분이라니…… 예를 들면?"

"……인생 경험, 같은 거라든가……."

"가장 낮은 스테이터스로 승부하는 건 그만두자."

후배가 생긴 적조차 없던 아코는 인생 경험에서도 그냥 패할 가능성이 있으니까.

"맞다. 선배답게 공부 같은 걸 가르쳐 주라고."

"윽!"

아코가 우뚝 굳어지면서 다리가 흐물흐물 꼬였다.

그렇게 쇼크를 받을 말은 아닐 텐데.

"고, 공부…… 공부……."

"마침 잘 됐잖아? 내일부터 하계 강습이니까."

"그만둬 주세요!"

아코가 귀를 꾸욱 누르면서 아우아우 신음하며 나를 올려다봤다.

"기껏 잊어버리고 있었는데!"

"잊어버리면 안 되잖지! 첫날부터 쉴 생각이냐!"

희망자를 받아서 학교에서 진행하는 하계 강습.

내년도 대학 입시를 위한 첫걸음이다.

아코도 참가하라고 고생하며 설득했는데, 결국 안 가면 의미가 없잖아.

"나도 싫지만, 내년 수험을 대비해서 지금부터 움직여야지."

……세가와도 그렇게 말했으니까. 정말 싫지만.

"언제나처럼 학교에 갈 뿐이기도 하고."

"하계 강습이라는 이름이 무섭다고요오."

아코는 풀썩 어깨를 떨궜다.

"일주일이나 하는데, 로그인 보너스도, 데일리 퀘스트도, 위클리 미션도 없고……."

"클리어하면 뭘 받는데."

"일주일 연속 로그인하면 과금석 하나 획득이라든가!"

"그걸 모으면?"

"프리미엄 뽑기에서, SSR 가을방학을 노릴 수 있어요!"

"휴일이 늘어났어!"

"지금이라면 10연속 뽑기에서 창립기념일이 하루 확정! 겨울방학 픽업 이벤트도 개최 중!"

"전부 처음부터 받을 수 있다고!"

오히려 뽑기에서 폭사하면 겨울방학을 못 받는 거냐. 돌리고 싶지 않아~.

"……농담은 이쯤 하고요."

"그 발언에 엄청 안심했어."

농담이라 다행이다.

진짜로 가을방학 뽑기에 전력을 다할 셈인 줄 알았어.

"실은 말이죠, 이러니저러니 해도 하계 강습에는 꼭 가야 해요."

"좋은 일이지만, 어째서?"

아코는 심각한 표정으로 시선을 바닥으로 내렸다.

"아빠랑 엄마한테 하계 강습에 갈게요~ 라고 말한 뒤부터, 저기…… 집에서의 대우가, 묘하게 좋아졌거든요……."

"아아……."

이해된다, 이해가 된다!

"여름방학이라고 놀기만 하는 건 아니라는 듯한, 그 분위기 말이지……."

"맞아요…… 공부하라고 하지는 않지만, 그래도 두 분 다 기뻐 보여서…… 이제 와서 안 간다고는 할 수 없어서……."

"어쩔 수 없지. 같이 가자."

"네, 루시안이 있어 준다면 힘낼 수 있어요."

나와 아코는 그런 얘기를 나누면서 역으로 향했다.

이렇게 이야기를 나누고 있으면, 여러 일이 있었던 수학여행 이후에도 우리는 전혀 변하지 않은 것처럼 보이지만— 그렇지는 않다.

"……"

"왜 그러세요?"

"아니, 별로."

나란히 걷는 나와 아코.

손을 잡지도 않고, 팔짱을 끼지도 않고, 그저 나란히 걷는 우리들.

우리 사이에는 한 발짝 정도의 거리가 있다.

수학여행에 가기 전에는 바로 몸이 맞닿을 정도로, 그야 말로 언제든 아코가 달라붙을 수 있을 만큼 거리가 가까웠었다.

그렇다.

언제나 곁에 있던 아코가, 내게서 아주 조금 거리를 벌리고 있었다.

"자, 역까지 왔는데…… 여기서 돌아갈 수 있겠어?"

"역에서 집까지 가는 길은 밝으니까, 괜찮아요."

포근하게 미소를 지은 아코는 역시 조금 거리를 벌린 채 발을 멈췄다.

내가 손을 뻗으면 살짝 피할 수 있는, 그 정도의 거리.

—아니, 이런 식으로 말하면 왠지 잘 못 지내고 있는 것 같잖아!

아니거든? 결코 그렇지는 않거든?

"그럼 루시안, 작별의 키스를!"

이거 봐, 이런 말을 한다니까.

하지만, 지금까지와 다른 건—.

"그래, 그래."

그렇게 말하며 아코에게 다가가자, 아코 쪽에서 움찔 뒤로 물러났다.

"엑?! 저, 저기!"

"왜 그래?"

쫓아가면 도망칠 것 같아서 이리 오라고 손짓했다.

그런 내게, 아코는 허둥지둥 시선을 돌리더니 이렇게 물었다.

"괜찮나요? 루시안. 자, 작별의 키스인데요?!"

"대환영인데."

"—읏!"

아코는 역에서 흘러나오는 불빛으로도 알 수 있을 만큼 얼굴이 새빨개지더니, 내게 등을 홱 돌렸다.

"저기저기저기, 작별의 키스는 역시 다음에!"

"그거 유감이네."

아, 역시 안 되나.

유감스러운 마음을 숨기고, 가급적 밝은 말투로 말했다.

"그럼, 나중에 보자~."

"네, 네에엣!"

상기된 목소리로 대답한 아코는 휘청휘청 역 안으로 사라졌다.

하아…… 또 이렇게 됐네…….

그렇다. 수학여행에서 진정한 의미로 퍼스트 키스를 한 이후, 왠지 아코의 행동이 이상해졌다.

나와 미묘하게 거리를 벌리고 있고, 스킨십도 삼가고 있고, 노골적으로 유혹하는 행동도 잘 하지 않게 되었다.

키스하죠! 라고 말하기는 하지만, 내가 OK하면 반대로 도망친다.

그렇다고 해서 딱히 싫어하게 됐다는 느낌은 아니다.

오히려 지금까지보다 더욱 좋아하고 있다는 걸 실감할 정도다. 눈이 마주칠 때마다 기뻐하고, 공연히 우리 집에 오고 싶어 하고.

뭐랄까, 잘 모르겠다.

"아코의 마음을 모르겠다니, 꽤 신기한 상황이네."

평소라면 무슨 생각을 하는지 얼추 짐작할 수 있는데, 이번에는 진짜로 모르겠다.

무엇보다도, 그날 이후 한 번도 키스를 하지 않았다.

아니, 딱히 아코와 키스를 하고 싶다는 건 아니라고. 그런 건 아니지만, 그게, 뭐랄까~, 저기, 응? 알 수 있잖아?

"하아…… 고양이공주 선생님…… 아코와 키스를…… 하고 싶어요……."

포기하라냐, 라는 목소리가 들리는 것만 같았다.

††† ††† †††

하계 강습이라는 이름이 붙었지만, 평소와 같이 마에가사키 고등학교에서 평소와 같이 선생님이 가르쳐 줄 뿐, 실제로 평소 수업과 별 차이가 없다.

그러나 예술 선택 수업이라든가, 체육이라든가, 그런 건 전혀 없다. 모든 수업이 대학 입시에 관련된 과목이다.

그 외에 다른 차이점은, 수업 시간이 길다는 것 정도일까?

"90분 수업이란 이렇게 기네요……."

"대학에 맞추고 있는 거야. 실전 같아서 좋잖아."

"왠지 여유롭게 말하고 있지만, 아카네도 도중에 한계였지?"

"길었으니까 어쩔 수 없잖아!"

아코도 세가와도 수업 도중에 완전히 집중력이 끊어졌으니까.

아니, 이런 말을 하는 나도 그랬지만.

"정말 힘들었어. 45분에서 집중력이 끊어질 뻔했다고."

지금까지 계속 45분이었는데 갑자기 두 배로 늘리다니, 제정신이 아니라고.

"다들 게임할 때는 좀 더 집중하는데."

그런 아키야마에게 우리가 진지한 표정으로 말했다.

"온라인 게임은 다르니까."

"사냥은 두 시간이 한 세트야."

"아침부터 저녁까지 오케이예요."

"······정말로 힘드니까, 좀 더 짧게 하자?"

이쪽에서는 아키야마가 힘든 모양이다.

"자, 그럼 어쩔래? 오늘은 돌아갈까?"

가방을 어깨에 멘 세가와가 말했다.

"마스터는?"

"3학년 쪽은 한 시간 더 있다고 하더라."

"그럼 기왕 왔으니까 부실에서 기다리자."

"고감도 마도 레이더 소재, 가지러 가요!"

"우리 배라면 어차피 도망칠 수 있으니까 레이더는 지금 걸 그냥 써도 되잖아."

"정보는 많을수록 좋거든?"

우리는 이야기를 나누면서 뚜벅뚜벅 부실로 걸어갔다.

그때, 옆쪽 문이 열리며 한 여자아이가 나왔다.

문득 눈이 마주치자, 그 얼굴이 왠지 낯익었다.

"아······."

성실해 보이는, 그러면서도 친근한 여자아이가 우리에게 꾸벅 고개를 숙였다.

"안녕하세요. 선배."

"회장, 안녕."

"수고 많아~."

우리도 꾸벅 고개를 숙이며 인사했다.

마스터의 뒤를 이어 학생회장이 된 타카이시였다.

그러고 보니 여기, 학생회실인가.

"그쪽은 학생회였어?"

"네. 선배들은……."

"하계 강습이라는 함정이 있었어요."

"뭐가 함정이야…… 굳이 따지면 보너스 게임이잖아."

아코의 머리를 찰싹 때린 세가와를 본 타카하시가 눈을 빛냈다.

"역시 대단하시네요. 벌써 수험을 목표로 움직이시는 건가요!"

"뭐, 뭐…… 그렇지……."

어딜 봐도 벌써 준비를 시작할 것만 같은 아이한테 이런 말을 들으면 왠지 겸연쩍단 말이지.

"이제 끝나서, 부실로 가던 참이야~."

아키야마가 싱글벙글 웃으며 말하자, 타카이시는 손을 탁 치면서 이런 말을 꺼냈다.

"부실…… 아, 문화제 준비가 있으니까요."

오오…… 문화제라…… 어제 후타바도 그랬었지…….

"문화제……."

"듣고 싶지 않은 단어가……."

"그런 게 있었지."

"작년에는 힘들었어……."

학생회장은 질색하는 우리를 의아한 듯이 바라봤다.

"아닌가요? 여름방학 때 부실에 모인다면 틀림없이 문화제 일인 줄 알았는데…… 저, 현대통신전자 유희부의 발표, 기대하고 있거든요."

그, 그런 반짝이는 눈으로 보지 말아줘!

마스터를 존경하는 타카이시 쪽에서 본다면야 엄청난 부일지도 모르지만, 사실 우리는 그냥 온라인 게임부라니까!

"현대통신……?"

게다가 아코는 부의 이름조차도 의아해하고 있고!

"그게 우리 부의 정식명칭이야. 잊어먹으면 어떡해."

"정확하게는 현대통신전자 유희부 2, 이지만~."

"……2?"

아키야마의 말에 타카이시가 어리둥절한 반응을 보였다.

그러고 보니 신입 부원을 받지 않기 위해서 전원이 나갔다가 다시 새로 부를 만들었던 것…… 새 학생회장인 그녀는 모르나?

옆에 있는 세가와와 살짝 눈을 마주쳤다.

'이거, 말하지 않는 게 좋겠지?'

'불길한 예감이 드니까, 잠자코 있자!'

그렇지. 응, 듣지 않았던 걸로 하자!

살짝 시선으로 의견을 교환한 우리 둘이서 얼버무리기로 했다.

"따, 딱히 대단한 건 아니야."

"그래, 그래. 신경 쓰지 마, 신경 쓰지 마."

꼼수를 써서 억지로 부를 존속시켰다는 게 알려지면 좋을 리가 없으니까!

"학생회장인데 교내에 모르는 일이 있었다니! 확실히 조사해 보고 올게요!"

"조사하지 않아도 돼!"

"괜찮아요! 정말로 죄송합니다!"

꾸벅꾸벅 고개를 숙인 타카이시는 학생회실로 돌아가 버렸다.

으~음, 정말로 빠릿빠릿하네.

"성실한 아이네…… 괜찮을까."

"뭐, 서류는 통과됐으니까."

"이거 왜 2인데?! 라고 생각할 것 같은데."

괜찮을까? 뭐, 됐어, 라고 생각해주면 좋겠는데.

"그나저나 문화제를 생각해야겠네. 뭐로 할까?"

뚜벅뚜벅 걷던 아키야마가 나를 돌아봤다.

"올해는 뭘 할까요?"

"이번에야말로 문화제는 버리고, 체육제의 가장 릴레이에 나갈까."

"나 빼고 나가줘."

세가와 씨, 그렇게 정말로 싫다는 표정을 지으셔도 말이죠.

"문화부 3학년은 문화제에서 은퇴잖아? 쿄우 선배의 마지막 이벤트니까 제대로 해야지."

"은퇴한 뒤에도 분명 매일 올걸."

"오겠죠."

"그럴 것 같지만…… 일단은?!"

"오히려 남은 여름방학, 뭘 할지도 생각해야지."

"저요, 저요! 공부하는 것보다는 좀 더 여름방학다운 걸 하고 싶어요!"

즐거운 일을 하고 싶다는 파벌인 아코와 세가와가 말했다.

"아코가 생각하는 여름방학다운 일이 뭔데?"

"에어컨이 빵빵한 방에서 아이스크림을 먹거나, 에어컨이 빵빵한 방에서 이불을 뒤집어쓰고 자거나, 에어컨이 빵빵한 방에서 밖을 걸어가는 사람을 보며, 더워 보이네~ 라고 생각하거나…… 일까요?"

"우선 집에서 나가자."

"에어컨 너무 빵빵하잖아."

"그치만 덥잖아요!"

"자, 에어컨 있는 방에 도착했어."

컴퓨터를 위해서 무척 시원하게 해둔 방에서 게임이나 하며 기다리자고.

††† ††† †††

"흠. 여름다운 이벤트라."

강습을 마치고 온 마스터가 팔짱을 끼며 말했다.

원래는 입시 학원 같은 곳에 갈 수도 있었지만, 전 학생회장으로서 학교 강습에 참가하지 않을 수는 없다고 말하는 성실한 부장이다.

"작년에는 바다로 갔었지."

"이런저런 일이 있었지만, 바다는 즐거웠어요."

"바다 말고는 진짜로 이런저런 일이 있었으니까……."

계정은 해킹당했지, 캐릭터는 지워졌지, 아이템은 사라졌지, 이혼 상태가 됐지, 아코에게 차였지…….

떠올리기만 해도 여러모로 머리가 아파진다.

"나는 안 갔지만!"

맞다. 아키야마는 오지 않았었다!

"그건 미안하다니까."

"다음에는 같이 가요."

"그 다음이 지금이잖아?! 지금 아니야?!"

확실히, 바다에 가기에는 베스트 타이밍이기는 하지만.

"바다라…… 으~음, 어떨까."

"왜 그런 반응인데?! 여름이면 바다잖아? 가는 거 아냐?!"

"가는 건 좋지만, 아무 목적 없이 가는 것도 좀 그러니까."

"그러게요. 할 일이 없잖아요."

"바다에 가는 게 목적이라고 생각해!"

"그래서는 안 된다는 게 작년에 증명됐거든."

세가와가 쓴웃음을 지으며 말했다.

마스터도 진지하게 수긍했다.

"우리는 점심이 지나자마자 돌아가려고 했으니까 말이다."

"한 시간이면 충분했어요."

"그거 정말로 즐거웠어……?"

"즐거웠다니까."

바로 질려버려서 고양이공주 씨한테 혼났지만, 그건 그것대로 즐거웠지.

"바다…… 바다라. 조금 시선을 바꿔서…… 그래. 그게 있었지."

키보드를 타탁타탁 두드리던 마스터가 모니터를 빙글 돌렸다.

"이것에 참가하는 건 어떠냐."

모니터에는, 반짝반짝 화사한 글자로『레전더리 에이지 오프라인 미팅 개최!』라는 글이 적혀 있었다.

호오, 우리가 시험이니, 수학여행이니, 배 건조 등으로 필사적이었을 때 이런 공지도 나왔었구나.

"오프라인 미팅?"

"이게 뭔가요?"

아키야마와 아코가 고개를 갸웃했다.

"한마디로 말해서, 공식 오프 모임, 일까?"

"조금 더 규모가 크긴 하다만, 운영진이 장소를 준비하고, 사람을 모아서 여는 오프라인 이벤트다. 게임에 따라서는 수만 명이 모이기도 하지."

소셜 게임 같은 데서는 돔 규모로 하기도 한다.

레전더리 에이지는 오프라인 이벤트 자체가 거의 없지만.

"재미있어 보이네!"

"이번 레전더리 에이지 오프라인 미팅은 여객선을 한 척 빌려서 진행되는 선상 크루징이라고 하는군."

"고급스러워! 여름 같아!"

"저, 크루징 같은 건 가본 적 없어요!"

"나도 멀리서 보기만 했어."

호화 여객선 이벤트라니, 게임 안에서밖에 못 할 줄 알았다.

"이벤트 내용은, 참가형 미니 게임이나 게임 내 식사를 재현한 음식점, 공식 굿즈 판매, 다음 이벤트 공지. 메인 스테이지는 플레이어 비행선의 배틀로얄 대회 실황 중계라는군."

"비행선 대회 같은 것도 하는구나."

"중계라는 건, 그 자리에서 참가할 수 없는 건가?"

"배 위에서라면 참가하기 힘들잖아."

고정 회선 같은 게 없을 테니까.

"대회 같은 건 오히려 나가고 싶지 않고, 관전 쪽이 재미있어 보여요!"

"그래! 여름다우니까, 가고 싶어! 가고 싶어!"

양손을 쥐고 어필하는 아키야마에게 마스터가 떨떠름한 표정으로 말했다.

"동감이긴, 하다만…… 미안하다. 뒤늦게 생각났다. 참가자는 추첨으로 수백 명. 그것도 남은 모집은 2차 모집의 수십 명만 남았다고 적혀 있다. 내 불찰이다……."

마스터가 후반은 읽지 않았었다, 하고 어깨를 떨궜다.

"에이, 그럼 못 가잖아요!"

"한 명 정도라면 당첨되지 않을까?"

"혼자 가서 어쩔 거야."

"우리도 배를 빌려서 나란히 가면 어떨까."

"말하는 내용이 무슨 액션 게임 같습니다만!"

그것도 배가 가라앉는 미래밖에 보이지 않아!

"저번 오프라인 이벤트에서 문제가 발생했으니, 그 오명을 벗고 싶었다만……."

"그러고 보니 저번의 트라우마가……."

"뭐, 너는 그렇겠지."

계정 해킹의 상처는 아직 낫지 않았다.

구체적으로는 사라진 장비라든가, 추억의 아이템이라든가.

"생각해보면, 그 콜라보 호텔 이후 오프라인에서의 이벤트는 하나도 하지 않았었다. 1년이 지나서 겨우 개최하는 셈이지."

"운영진도 반성한 걸까?"

"주의사항에 『행사장에서는 게임 내 로그인 가능한 시설이 없습니다』라고 적혀 있으니까."

"올해는 나쁜 일에 이용당하지 않았으면 좋겠네요."

그렇게 작년 일을 떠올리고 있는데, 삐리링 하고 소리가 났다.

내 컴퓨터에 메일이 한 통 왔다.

PC 메일은 거의 쓰지 않는데, 웬일이지?

으음, 발신인은…….

"레전더리 에이지 운영팀? 이건……."

"무슨 일이에요?"

내 화면을 슬쩍 들여다본 아코가 메일 제목을 읽었다.

"레전더리 에이지, 오프라인 미팅에 초대합니다……?"

"뭐? 초대?"

"니시무라, 응모했었어?"

"그런 건 아닌데."

이벤트가 있다는 것조차 몰랐는데 응모할 리가 없다.

일단 메일을 열어보자.

"으음, 어디어디…… 레전더리 에이지 운영팀입니다. 지난번에는 저희의 위기관리 문제로 인해 대단히 큰 폐를 끼치

게 되었던 것을 다시 사과드립니다…… 아, 계정 해킹 사과
인가."

그렇다면, 이 메일은 제목 그대로―.

"니시무라 님을 레전더리 에이지 오프라인 미팅에 초대하
고자 합니다, 라는데요! 굉장하네요, 루시안!"

"굉장한, 걸까?"

"너만 부른 거야?! 치사……하지는 않네. 응."

"루시안이 잃은 것을 생각하면 말이지."

"그, 그렇게나 피해가 컸구나."

아직도 완전히 복구되지 않았을 정도로 심각했습니다.

"그래도 부른 건 나만이 아닌 것 같은데?"

참가해 주시는 경우에는, 일행분을 포함한 전원의 이름,
주소, 연락처를 적어서 답신해 주십시오, 라고 적혀 있었다.

"저희도 같이 갈 수 있는 건가요?"

"아마 게임 매거진 기자 같은 초대권 배정일 거다. 다소
동행자가 있는 건 상관없겠지."

"모처럼 불렀으니까, 가자! 가자!"

"루시안과 크루징!"

"좋은 여름 이벤트가 될 것 같네."

그렇게 좋아하는 우리와는 달리……

"참가자가 수백 명이라…… 으~음."

세가와는 미묘한 표정으로 천장을 바라보며 의자 등받이

에 몸을 기댔다.

"어라? 아카네는 가고 싶지 않아? 여름 크루징인데?"

"그치만 신상털이를 당하면 어쩔 거야."

"걱정하는 게 그거였어?!"

아니아니, 마음은 이해해. 응.

수만 명 안에 섞여 있다면 모를까, 수백 명은 개개인을 판별할 수 있는 숫자니까.

"평범하게 아카네라고 부르면 모를 거야. 괜찮아, 괜찮아~."

"긴장을 푼 아코가 슈라고 부를 거 아냐."

"그렇지 않아요, 아카네…… 씨?"

"요전에 특훈도 했었는데 왜 벌써 엉망이 된 거냐고!"

귀찮게 뭘 그런 걸 생각해? 라고는 할 수 없다.

오히려 올바른 자기방어라고 생각한다.

현실에서 여성이라는 걸 들키게 되면 좋은 일은 하나도 없으니까.

"응. 세가와의 마음도 이해해."

"그렇지? 내가 유지해 온 꽃미남 슈바인 님의 이미지가 그런 곳에서 무너지면 어쩔 거야?"

"그거였냐!"

게임의 이미지가 아니라, 현실의 자기 몸을 걱정하라고!

"그럼 루시안이 슈라는 걸로 해두지 않을래요?"

"결국 꽃미남 이미지는 무너지잖아."

"꽃미남이 아니라서 미안하게 됐네!"

그런 장신 금발 캐릭터랑 같이 묶지 말라고!

"그렇다면 아카네는 다른 사람이라고 하고, 슈바인 님은 안 왔다고 둘러댈까?"

"그럼 나는 누구로 할 건데."

"아코라는 걸로 하면 어떨까?"

"내가, 『루시안~』 이러면서 응석 부려야 돼?"

세가와는 진심으로 싫다는 표정으로 이쪽을 바라봤다.

"아무리 나라도 거기까지 자존심을 버릴 수는 없어……."

"헤이! 유~, 아까부터 실례되는 말이 한계 돌파하고 있거든?"

"오히려 저는 루시안에게 응석을 부리는 게 자존심인데요!"

"그런 자존심은 버려, 버려."

어쩔까. 세가와만 빠지는 건 있을 수 없고, 이런 상태라면 슈바인의 대역을 데려가는 것도 안 될 거고.

"……그렇다면, 좋은 방법이 있다."

마스터가 그렇게 말하며 키보드에 양손을 올렸다.

"신상을 들키느냐 마느냐는, 우리를 아는 사람이 그 자리에 있느냐 없느냐에 달려 있지?"

"그야, 아는 사람이 아무도 없으면 들킬 여지도 없긴 하지."

"그럼 확인해보면 되는 거다."

마스터가 마우스를 탁 클릭했다.

이쪽으로 돌린 모니터 안에서, 축소되어 있던 레전더리 에이지 게임 화면이 원래 사이즈로 돌아갔다.

커진 화면 중앙에 표시된 것은, 몇몇 이름이 떠 있는 친구창.

"오프라인 미팅 자리에 누가 오고, 누가 안 오는지를 말이다."

††† ††† †††

그날 밤.

우리는 수도 교외에 새로 만들어진 선착장으로 향했다.

어느 마을이든 기항할 수 있지만, 역시 수도의 선착장이 제일 인기다.

항구1, 항구2, 항구3…… 다양한 항구 맵 전체에 수많은 배가 늘어선 굉장한 광경이 펼쳐졌다.

현재 레전더리 에이지에서 제일 플레이어가 많은 곳이겠지.

◆슈바인 : 그럼 어디부터 쳐들어갈 거야?

◆루시안 : 장소를 알기 쉬운 사람부터, 일까?

◆아코 : 그렇다면 가장 커다란 배네요!

항구 맵을 몇 군데 돌아보자, 그 배는 바로 찾을 수 있었다.

◆†검은 마술사† : 여어, 너희들인가.

◆세테 : 안녕~.

◆아코 : 우와~, 크네요~.

포포리호의 다섯 배 정도는 되는 거대 사이즈.

대량의 대포에 두꺼운 장갑판, 몇 개씩 달린 돛대에서 펄

럭이는 별이 그려진 듯.

둔중하게 빛나는 마도 엔진에 직결된 코어는 당연히 상급 코어.

완성됐다고 들었던 길드 TMW의 기함, 엔터프라이즈호였다.

◆애플리코트 : 대형 전투용인가. 그것도 최고의 파츠만 엄선하다니 빈틈이 없군.

◆슈바인 : 꽤 강해 보이잖아.

아니, 정말, 위압감만으로 몇 척은 격침시킬 듯한 파워가 느껴진다.

◆†검은 마술사† : 너희한테 들으니까 기분이 이상하네.

검은 마술사 씨는 쓴웃음을 지었다.

◆†검은 마술사† : 그런데, 어쩐 일이지? 지금부터 라이소 드에서 교역품을 싣고 한몫 잡으려고 하는데, 같이 올 거라 면 환영하겠어.

뭐니 뭐니 해도 60명이나 탈 수 있으니까, 하고 그가 가슴을 폈다.

◆아코 : 타고 싶지만, 그보다도 용건이 있어요.

◆슈바인 : 잠깐 묻고 싶은 게 있거든. 이번 오프라인 미팅 에 올 예정 있냐?

◆†검은 마술사† : 오프…… 아, 대회 중계를 한다는 그건가?

◆세테 : 그래, 맞아. 올 거야?

◆†검은 마술사† : 설마ㅋ 대회에 전력을 다할 거라서.

역시 그런가.

게임 내 아이템을 받을 수 있는 게 아닌 이상, 빡겜러는 일부러 그런 오프라인 이벤트에 나오지 않겠지.

◆†검은 마술사† : 운해 맵은 지금이 제일 활기차니까. 이번 대회에 나가지 않으면 후회할걸.

◆슈바인 : 그러냐. 고맙다.

◆애플리코트 : TMW는 불참이군.

공성전 때 함께 연습했던 멤버들은 길드를 넘어서 슈와 친분이 있고, 길드원을 늘렸을 때 가입했던 사람들은 대부분 TMW에 있으니까.

전원 오지 않아서 조금 안심했다.

◆†검은 마술사† : 오히려 너희는 대회에 출전하지 않는 건가?

◆아코 : 나가도 못 이기니까요.

◆†검은 마술사† : 그렇지는 않을 텐데. 대형선조차도 격파하는 소형선이라는 소문을 들었어.

◆애플리코트 : 확실히 쓰러뜨린 적도 있지만……

◆아코 : 잘 모르는 사이에 이겨버렸으니까요.

습격해 온 대형선과 싸운 적도 있지만, 크리티컬이 뻥뻥 터져서 이겼을 뿐이니까 별로 기억에 남지 않았다.

◆루시안 : 엔터프라이즈호, 한번 타보고 싶긴 하지만 저희도 퀘를 진행해야 해서요.

◆애플리코트 : 날을 잡아서 다시 실례하기로 하지.

◆†검은 마술사† : 아쉽군. 아, 공적의 숫자가 늘고 있는 것 같으니까 조심해.

그렇게 말한 검은 마술사 씨는 조금 자조하듯이 웃었다.

◆†검은 마술사† : 아니…… 쓸데없는 참견이었나.

지금까지 공적에게 당한 적은 없지만…… 그렇다 해도 왠지 묘한 말투였다.

근처에 아는 얼굴이 없었기 때문에 이동하면서 지인들에게 귓속말을 보내봤지만…….

◆디 : 난 TMW고, 그날은 일이 있어서ㅋㅋㅋㅋ 명절 휴가 같은 건 없거든ㅋㅋㅋㅋ

◆이가스 : 난 칸토에 살지 않아서 그런 건 무리거든요.

◆너구리 사부 : 오프 모임은 흥미 낫싱이다구리.

◆†클라우드† : 이렇게 바쁠 때에 그런 곳에 갈 여유가 있겠냐!

◆유윤 : 옛 친위대는 지금 무지무지 바쁘니까 아무도 안 간다고. 게다가 여름 바다에 가봤자 리얼충 지수가 너무 높아서 녹아버려.

그런 대답뿐이었다.

◆세테 : 다들 안 오는 것 같아.

◆슈바인 : 오프라인 미팅 인기 없네!

◆루시안 : 모두가 수도권에 산다고 할 수는 없으니까~.

◆애플리코트 : 우리는 초대라서 괜찮지만, 일행이 함께 당첨되리라고는 확신할 수 없지. 혼자서 크루징에 올 용기가 있는 사람 말고는 참가하지 않을 거다.

◆아코 : 혼자 크루징이라니, 혼자 고깃집에 가는 것보다 난이도가 높네요!

그 정도의 행동력이 있다면 그 자리에서 친구 정도는 바로 만들 수 있을 것 같지만!

◆세테 : 게다가, 다들 대회로 정신없는 것 같아.

◆슈바인 : 하아, 이러면 나도 안심하고 갈 수 있겠네.

◆루시안 : 지금은 비행선으로 분위기가 끓어오르고 있으니까.

이렇게 말하는 우리도 비행선에 타고 있지만.

이런 이야기를 나누는 와중에도 포포리호는 바람을 가르며 운해를 나아가는 중이다.

◆슈바인 : 다음에는 동쪽이네. 하늘을 가르는 구름의 대폭포……? 잠깐만, 이거 절경 최고라는 곳 아니야?

◆애플리코트 : 구름의 대폭포…… 구름으로 된 폭포라는 건가? 이건 꼭 스크린샷으로 남겨 놔야겠군.

◆아코 : 기다려 주세요!

관광지에 관한 얘기인데도 끼어들지 않아서 의아했던 아코가 한 손을 번쩍 들었다.

◆아코 : 레이더에 배의 반응이에요!

◆애플리코트 : 아직 마을에서 그리 떨어지지 않았다만? 일반 플레이어의 배가 아닌 거냐?

◆아코 : 하지만 이쪽을 향해 일직선으로…… 아, 빨강이에요! 적색이에요!

◆루시안 : 켁, 또 PK냐고.

공적은 이제 됐다고.

잠깐만, 설마 미즈키와 후타바가 온 건 아니겠지?

◆아코 : 게, 게다가 굉장한 적색이에요! 새빨개요!

◆애플리코트 : 하이랭커인가…… 귀찮군…….

그럼 아닌가. 다행이군.

지는 건 상관없지만, 애초부터 싸우고 싶지 않으니까.

◆루시안 : 어쩔래? 도망치는 것도 방법인데.

◆바츠 : 좋았어, 찾았다! 애플리코트!

그때, 채팅창에 뜬 낯익은 이름.

아, 미즈키네가 아니라 이쪽이었나…….

◆애플리코트 : …………바츠, 너냐…….

◆루시안 : 아아…… 뭐, 저 녀석들은 공적 하겠지…….

◆슈바인 : 정의를 위해 공적을 사냥하는 바츠라니 기분 나쁘잖아.

◆세테 : 가끔은 그런 모습도 보고 싶지만ㅋ

◆애플리코트 : 모르는 사이도 아니니, 무시하는 것도 마음

에 걸리는군.

선장으로서는 무시하는 건 조금 불쌍하다고 판단한 모양이다.

◆슈바인 : 그렇다고 격침당할 거냐?

◆애플리코트 : 그럴 리가 있나.

훗, 하고 웃은 마스터는 오른손을 정면으로 들었다.

◆애플리코트 : 포포리호, 전투 배치다!

◆루시안 : 좋았어, 해볼까!

◆세테 : 대포는 언제든 쏠 수 있어~.

◆아코 : 아직 퀘스트 중반인데 최종보스전이라니, 패배하는 타입의 전투잖아요!

◆슈바인 : 가끔은 대미지 컨트롤 일을 하는 게 좋잖냐ㅋ

앞으로 나아가자 시야에 들어온 것은, 커다란 배의 그림자였다.

표시되는 이름은, 길드 발렌슈타인, 구스타프 아돌프호.

아까 봤던 엔터프라이즈호에도 뒤떨어지지 않는 대형 전함이었다.

◆루시안 : 역시 터무니없는 걸 타고 있네.

◆슈바인 : 적선, 대형 전투용. 강철 장갑도 제대로 장비하고 있어. 대포는, 양현 합쳐서, 어어…….

◆애플리코트 : 48문이군. 최대수다.

◆세테 : 이쪽은 1문인데~.

역시 전력차가 심각하다.

전에 싸웠던 공적의 대형선도 이 정도로 살의를 전력으로 내뿜지는 않았다고.

◆바츠 : 여어ㅋ 도망가지 않다니, 역시 잘 알고 있잖아ㅋ

접근해 온 바츠가 뱃머리에 우뚝 서서 말했다.

◆애플리코트 : 훗, 이기는 싸움에서 도망칠 리가 없지 않나.

◆바츠 : 말 한번 잘하는구만ㅋ 그렇게 나오셔야지ㅋ

구스타프 아돌프호가 이쪽으로 우현을 돌리고자 선로를 바꿨다.

완전히 싸울 생각이다. 젠장, 아는 사이라도 가차 없나.

◆바츠 : 그럼 공적 사냥 톱과 공적 톱의 최종결전이다. 화려하게 가보자고ㅋ

◆애플리코트 : 잠깐.

그때, 마스터가 스톱을 걸었다.

응, 그야 막겠지. 마스터가 말하지 않았다면 내가 말했을 거다.

◆바츠 : 뭐야, 이제 와서 도망치려고?

◆애플리코트 : 그게 아니다.

마스터의 짧은 채팅에서 동요가 보였다.

동요한 건 우리도 마찬가지라, 다들 묵묵히 두 사람의 대화를 지켜봤다.

◆애플리코트 : 공적 사냥 톱, 이라니?

◆바츠 : 뭐? 너희잖아. 치안 유지 스코어 톱인 포포리호.

◆애플리코트 : 치안 유지 스코어라는 건, 공적 사냥…… PKK로 늘어나는 스코어, 맞지? 그 톱이, 소형선인 우리라고?

◆루시안 : ……아니겠지.

◆아코 : 누군가와 착각한 거 아닌가요?

◆바츠 : 착각 아니라고ㅋ 소형선 잡으러 갔다가 순살당했다면서 공적들 가운데서는 망할 고양이, 함정 고양이, 치트 고양이라고 소문이 자자하거든ㅋ

◆슈바인 : 아아앙?! 누가 망할 고양이라고?!

아, 포포리를 바보 취급해서 슈가 화났다!

◆코로 : 서버에서 제일 강한 게 소형선이라니, 치트가 아니고 뭔데?

◆미즈키 : ^^;

◆애플리코트 : 그건 대체 무슨 과대평가냐?!

우리가 모르는 곳에서 이름만 퍼지고 있어!

◆바츠 : 뭐, 그것도 끝이겠지만!

◆슈바인 : 칫, 적함! 계속 배를 돌리고 있어!

◆애플리코트 : 이쪽으로 우현을 돌리고 있다! 대포 공격 범위에 들어가지 마라!

젠장, 채팅 타임은 끝인가.

서둘러 도망쳐야 해. 저런 배하고 정면에서 싸울 수 있겠냐!

◆바츠 : 소용없어ㅋ 소용없어ㅋ 주변에 널린 잔챙이 배하

고 우리를 똑같이 보지 말라고ㅋ

◆세테 : 저쪽의 선회 속도가 빨라! 평소처럼 돌아 들어갈 수 없어!

◆애플리코트 : 큭, 간단하지는 않나.

평소였다면 소형선의 이점인 선회성능, 가속력을 살려서 적의 공격 범위 밖에서 일방적으로 쏠 수 있었다.

하지만 저 배, 대형선 주제에 선체를 잘 돌리고 있다.

이거 분명, 엄청난 액수의 돈을 들여서 만든 거다!

◆루시안 : 어쩔 거야? 일단 거리 벌릴까?

◆애플리코트 : 안 돼. 그 사이에 맞는다!

◆슈바인 : 이제 공격 범위에 붙잡히겠어!

큰일이다. 이제 쏘면 맞는 위치야!

◆바츠 : 당황하지 마. 당황하지 말고 한가운데에 올 때까지 기다려. 보기보다 단단하다고. 스친 걸로는 격추할 수 없어.

◆코로 : 아이 아이 서.

저쪽은 한 방에 격추할 생각으로 공격 범위 한가운데까지 끌어들일 셈인가.

배의 측면에 설정된 대포는 공격 범위 그 한가운데, 중앙에 가까운 위치에서 쏠수록 위력이 올라가고, 크리티컬율도 높아진다.

여느 때였다면 이쪽이 한가운데를 노렸겠지만, 표적이 된 입장이 되니까 엄청 무섭네.

◆아코 : 저런 대포에 크리티컬을 맞으면 응급 수리할 시간도 없는데요?!

수리용 요정을 둥실둥실 띄운 아코가 허둥대며 말했다.

◆애플리코트 : 어쩔 수 없군…… 루시안, 최대 선속이다.

◆루시안 : 좋아, 알았어!

마침내 이 배의 전력을 낼 때가 왔나!

나는 거의 건드리지 않았던 속도 패널을 최대로 올렸다.

힘차게 흘러가던 운해의 경치가 더욱 힘차게, 날 듯이 움직였다.

◆바츠 : 좋아, 사격 준비.

◆바츠 : 응? 야, 잠깐만. 뭐야, 저거?

어안이 벙벙해진 바츠의 캐릭터가 게임 화면 안에서 엄청난 기세로 이동했다.

뭐, 이건 우리 화면 이야기다. 요컨대 우리 배가 엄청난 속도로 구름 위를 질주하고 있는 거다.

◆코로 : 적함 포포리호, 공격 범위 바깥. 이미 이쪽의 뒤로 돌아 갔어.

◆미즈키 : ^^;

◆바츠 : 아니아니아니, 웃기지 말라고! 뭐야, 저 스피드!

◆애플리코트 : 유감이구나, 바츠! 아까까지의 우리는 최대 선속이 아니었다!

우리가 최대 선속으로 움직이는 전제로 움직이고 있었겠

지만, 아까까지의 스피드는 기껏해야 7할이었으니까!

그런 선회 속도로 우리를 붙잡을 수 있으리라 생각하지 말라고!

◆바츠 : 왜 억누르고 있던 건데!

◆루시안 : 이유야 뻔하지!

이유는 단 하나!

◆애플리코트 : 최대 선속은 너무 빨라서 멀미가 나기 때문 이다!

◆바츠 : 웃기지 마ㅋㅋㅋ

아니, 정말이라고.

◆슈바인 : 이거 진짜로 메스꺼워.

◆세테 : 화면 움직임이 너무 빨라서 이상해진다니까~.

◆아코 : 눈을 살짝 뜨고 보면 그나마 괜찮아요.

◆바츠 : 그 배, 틀림없이 버그야! 아니, 잠깐만! 나도 한번 태워줘!

무슨 소리를 하든 무시하고 드리프트를 하듯이 적선의 뒤 로 배를 돌렸다.

◆루시안 : 적 후방에 들어왔어! 선수 돌린다!

◆애플리코트 : 부탁한다, 세테!

◆세테 : 이쪽에서, 이쪽을 이렇게 하고…… 에잇!

폭음과 함께 선수의 대형포가 연기를 뿜었다.

날아간 대형 포탄이 구스타프 아돌프호 후방에 직격!

수많은 폭음이 일어나며 적선의 속도가 부쩍 떨어졌다.

◆세테 : 크리티컬! 하지만 추락하지는 않네!

◆슈바인 : 무지막지하게 단단하구만. 역시 일격으로는 무리야.

◆아코 : 이쪽으로 돌고 있어요!

구스타프 아돌프호는 연기를 뿜으면서도 이쪽을 쏘기 위해 필사적으로 측면을 돌렸다.

반면 우리는 정면의 초대형 캐러네이드포를 쏜 직후라서 선속이 떨어졌다.

◆바츠 : 으스대지 말라고! 그런 대구경 대포를 선수에 달다니, 쏜 뒤에는 벌레 기어가는 속도가 될 거 아냐! 바로 뭉개버려서—.

◆루시안 : 다시 뒤로 간다.

◆세테 : 이번에야말로 맡겨줘!

채팅을 칠 새도 없이 바로 재가속한 포포리호는 대포 범위를 피해서 다시 적선의 후방으로 돌아 들어갔다.

솔직히 그렇게 어려운 조작은 아니라고 생각한다.

◆바츠 : 야인마아아아아아아! 지금 움직임도 이상하잖아!

◆코로 : 루시안, 그 키는 어떻게 된 거야?

◆루시안 : 나도 잘 모르지만, 우리 배는 왠지 선회도 잘하고 빠르단 말이지.

◆바츠 : 웃기지 말라고! 그런 말도 안 되는 배가 어딨어?!

어디 있느냐고 물으면, 여기 있잖아.

◆아코 : 오히려 평범한 배는 왜 그렇게 느릿하게 움직이는 건가요?

◆바츠 : 아아아아아! 이 자식들 열 받아! 야, 그거 준비해!

◆코로 : 예이예이.

◆미즈키 : 네^^

뭔가를 준비하고 있어! 불길한 예감이 드는데!

◆애플리코트 : 그렇게 둘 순 없지! 세테!

◆세테 : 장전 끝났어! 타이밍도…… 여~기~다~!

둔중한 충격.

날아간 포탄은 조준한 그대로 적선에 꽂혔고, 아까를 뛰어넘는 대폭발이 우리의 시야를 뒤덮었다.

◆세테 : 들어갔다! 크리티컬의 크리티컬!

◆슈바인 : 휘익~!ㅋ

◆루시안 : 바로 뜨네.

포격 방향, 거리에 따른 크리티컬과 공격 타이밍, 명중 위치에 따른 크리티컬이 겹치면 크리티컬이 중첩돼서 네 배의 포격 대미지가 들어간다……고 한다.

나는 직접 터뜨려 본 적이 없지만, 이 녀석은 종종 터뜨린단 말이지.

◆아코 : 맨 뒤에 장갑이 가장 얇은 곳에 맞았네요.

◆코로 : 아~, 이거 가라앉겠네.

◆미즈키 : ^^;;;

◆바츠 : 어떻게 두 방에 크리하고 초크리인데?! 뭐야, 이 망겜! 진짜로 저 녀석들 버그 아냐?

◆애플리코트 : 버그 같은 건 아니다. 원래부터 후방에서의 공격은 높은 확률로 크리티컬이 된다만?

◆바츠 : 그렇다고 이렇게 바로 나오겠냐!

우리 포수는 분위기를 읽는 것만큼은 프로니까.

폭발과 함께 운해로 가라앉는 구스타프 아돌프호의 거대한 선체.

저런 상태에서는 포격도 못하고, 이제 끝이네.

이거 참, 이걸 이기는구나.

◆애플리코트 : 유감이지만, 우리의 승리구나.

◆슈바인 : 이번에는 무리일 줄 알았는데, 우리 최강이구만ㅋ

◆세테 : 이러고 있었으니까, 모르는 사이에 1위가 된 걸지도~.

자이언트 킬링으로 포인트를 많이 벌었다거나, 그런 걸지도 모르겠네.

그렇게 긴장을 풀기 시작한 우리에게 아코가 말했다.

◆아코 : 레이더에 작은 반응이 다섯 개 있어요!

◆애플리코트 : 설마……?!

◆슈바인 : 칫, 글라이더로 날아오고 있어!

◆루시안 : 저 녀석들, 진짜냐?

◆바츠 : 아직 안 끝났어!

편도로만 쓸 수 있는 데다, 비행하다가 포탄에 맞으면 일격에 떨어지는 개인용 글라이더라는 게 있다.

적선에 도달하면 강습 승선해서 직접 대결로 끌고 갈 수 있지만, 평범한 배가 상대라면 그렇게 쉽게 타게 두지 않는다.

◆아코 : 요격! 요격해 주세요!

◆세테 : 대포, 뱃머리에만 붙어 있잖아~.

◆슈바인 : 전방 말고는 쏠 수 있는 대포가 없으니까ㅋ

선수에, 그것도 1문밖에 대포가 없는 우리는 요격이 엄청 힘들지!

◆애플리코트 : 말도 안 돼, 배를 버렸다고?! 굉침(轟沈)할 때 선장이 배에 없다면 배의 내구도는 제로로 떨어진다! 수리에 얼마나 많은 소재가 필요한지 알기는 하는 거냐?!

◆바츠 : 네놈이 확인해보시지. 지금부터 그 배에 올라타서 완전히 굉침시킬 테니까!

발렌슈타인은 도망치는 우리를 쫓기 위해 일직선으로 날아왔다.

◆애플리코트 : 루시안, 도망칠 수 있겠나.

◆루시안 : 아슬아슬하게 저쪽이 더 빨라!

강습 승선용 글라이더가 배보다 느리면 애초에 쓸모가 없으니까, 전속력을 내도 저쪽이 조금 더 빠르다!

항속 거리[#3]는 짧지만, 처음 거리가 가까웠으니까 이대로라면 올라타겠어!

◆애플리코트 : 큭, 따라잡히나…….

◆아코 : 어쩌죠?! 모두 내려서 도망칠까요?!

◆슈바인 : 동요하지 말라고. 뭘 위해 이 몸이 타고 있다고 생각하는 거냐?

◆세테 : 측량 아니야?

◆슈바인 : 아니야! 측량 같은 건 덤이거든?! 이 몸은 근접 전투가 본업이라고!

지금까지 기본적인 거리 측정과 상황 보고에 전념하던 슈가 배 후미를 향해 성큼성큼 걸어갔다.

서, 설마, 마침내 저 녀석의 차례가 오고 만 건가……!

◆슈바인 : 이봐, 선장. 적의 상륙 지점에 영창! 스타 라이트닝이다!

◆애플리코트 : 좋아, 알았다!

적이 올라타려는 후방 갑판에 거대한 마법진이 나타났다.

그렇구나. 속도차가 거의 없는 이상 저 녀석들은 일직선으로 돌격할 수밖에 없다. 광역 대마법이라면 확실하게 맞을 거다.

하지만 뭐, 상대도 그렇게 어설픈 상대는 아니긴 하지만.

◆바츠 : 그런 뻔히 보이는 대마법 따위, 맞아봤자 안 아프

#3 항속 거리 항공기나 선박이 한 번 실은 연료만으로 계속 항행할 수 있는 최대 거리.

다고!

◆아코 : 여유로워 보이는데요!

발렌슈타인 전원의 몸에서 노란색 오라가 화악 솟구쳤다.

아, 저거 번개 내성을 붙였구나.

그렇다면, 그런가. 저 녀석들은 이미 틀렸나.

◆슈바인 : 유감이구만. 비장의 수는 이쪽이라고.

마법진의 중심. 후방 갑판에 홀로 선 슈가 씨익 웃었다.

◆슈바인 : 이 배의 주포는 선수의 대포가 아니야…… 이 몸이야말로 진짜 주포! 이것이 진정한 최대 화력!

슈바인의 모습이 순식간에 거대한 용으로 변했다.

그리고 강하하던 바츠 일행을 향해 거대한 입을 크게 벌렸다.

◆바츠 : 아, 큰일 났다.

◆코로 : 조금 무리일지도~.

◆슈바인 : 전력 전개, 드래곤 소울! 빛이, 되어라아아아아아아아!

◆애플리코트 : 릴리스!

글라이더로 일직선으로밖에 올 수 없는 바츠와 발렌슈타인. 떨어지는 번개. 그리고 피할 수 없는 그들의 정면에서 덮쳐오는, 새빨간 화염 브레스.

게다가 마스터가 미리 충전해 둔 대마법을 타이밍에 맞춰 릴리스했다.

그 자리에 겹친 속성은 번개, 불꽃, 그리고 얼음.

어느 걸 막아도 어느 건 맞게 되는 지옥 같은 공간이었다.

연기가 걷히자, 쓰러진 바츠 일행이 거기에 남겨져 있었다.

◆바츠 : 젠장, SL 버틴 타이밍에서 아슬아슬하게 날아온 불꽃이었는데 왜 죽는 거야.

◆애플리코트 : 퍼펙트 블리자드로 동결된 상태로 드래곤 소울의 브레스를 맞았으니까.

◆바츠 : 동결 상태라도 불꽃은 반감이라고!

◆슈바인 : 반감 따위로 버틸 수 있을 것 같냐.

슈가 검을 들고는 의기양양하게 웃었다.

◆슈바인 : 반드시 죽이니까, 필살(必殺)이라 하는 거라고. 기억해 둬라ㅋ

◆루시안 : 정말로, 슈가 쓰는 드래곤 소울의 배율은 상대가 강하다거나 약하다거나 하는 차원의 문제가 아니란 말이지.

귀중한 3차 직업 스킬 포인트로 한 시간에 한 번밖에 못 쓰는 스킬을 맥스까지 올리고, 숙련도도 필사적으로 올린 결과가 이거다.

불 속성을 무효로 하지 않는 한 무조건 죽는다. 그런 위력이다.

참고로 레어 아이템을 드롭하는 필드 보스 몬스터한테는 안 통한다.

그걸 알았을 때, 슈는 하룻밤 내내 울었다.

◆바츠 : 완전 굉침이라 짐도 다 사라지고, 수리비에 사망 페널티, 우울해지는데.

◆아코 : 우울뽀요네요.

◆바츠 : 너 진짜로 XXXXX.

◆아코 : 시체한테 금지 단어를 듣고 있어요!

◆루시안 : 이런 타이밍에 도발하니까 그렇지.

아코야 아무 생각 없이 말한 거겠지만.

◆바츠 : 아~, 드래소라니. 그딴 쓰레기 스킬 익히지 말라고.

◆슈바인 : 한 시간에 한 번뿐이지만, 이렇게나 뇌수가 끓어오르는 최고의 스킬인데.

◆바츠 : 나도 조금 올려보고 싶어졌어.

아, 맞다맞다!

마주친 타이밍이 최악이었지만, 바츠 일행에게도 묻고 싶은 게 있었다.

◆루시안 : 바츠, 잠깐 묻고 싶은 게 있는데.

◆바츠 : 뭐야, 수리비는 아마 15M 정도일걸.

◆루시안 : 비싸!

그게 아니고!

◆루시안 : 그쪽은 오프라인 미팅 올 거야?

◆바츠 : 앙? 갈 리가 없잖아. 당일에는 대회라고.

◆루시안 : 역시 그런가. 땡큐.

그렇게나 돈을 퍼부은 배를 만들었으니까 대회에도 나가

겠지.

그 구스타프 아돌프호는 이미 운해 속으로 사라졌지만.

◆코로 : 그럼 돌아간다.

세이브 포인트로 돌아가려는 거겠지. 바츠 일행은 일제히 그 자리에서 사라져 갔다.

◆바츠 : 그보다 너희들, 대회에서는 반드시 두들겨 패줄 테니까! 도망치지 말라고! 우리 말고 다른 놈들에게 당하면 안 돼!

◆애플리코트 : 잠깐, 애초에 우리는―.

◆바츠 : 두고 보자고!

◆코로 : 하아, 수리 소재 모아야지.

◆미즈키 : ^^;

악역 같은 말을 남긴 채 다 같이 사라져 버렸다.

◆루시안 : 으음, 우리는 대회 안 나갈 텐데.

◆슈바인 : 뭐, 저 녀석들이 오프에 안 온다는 건 알게 됐네.

◆세테 : 아쉽지만, 잘됐네.

◆슈바인 : 저 녀석들한테는 절대 들키고 싶지 않으니까 다 행이야.

◆애플리코트 : ……그나저나.

구스타프 아돌프호가 가라앉은 곳을 바라보던 마스터가 말했다.

◆애플리코트 : 우리가, PKK 스코어의 톱인가…….

◆루시안 : 바로 지금 공적 톱 랭커를 쓰러뜨렸으니까, 더욱 올라갔겠네.

◆아코 : ………….

◆세테 : …….

우리는 잠시 서로를 바라보고는, 고개를 끄덕였다.

◆세테 : 한동안, 공적한테서는 도망칠까.

◆아코 : 그래요. 눈에 띄면 무서우니까요.

당분간은 얌전히 지내야겠다고 마음속으로 결심했다.

"후우, 지쳤다."

바츠 일행과 싸운 뒤, 잠깐 휴식하고자 일시적으로 기항했다.

딱히 수리할 곳은 없지만, 머리와 눈이 지쳐서 잠깐 쉬고 싶었거든.

그래, 거실에 가서 마실 거리를 가져오자.

"차, 차, 보리차~."

거실로 나오자―.

"아, 오빠, 오빠!"

기다렸다는 듯이 미즈키가 불렀다.

"어, 왜 그래…… 아니, 후타바도 있었냐."

"여유."

"여유라니."

아직 안 돌아갔던 건가. 아무리 그래도 이틀이나 외박하면 혼날걸.

그래도 마침 좋은 타이밍인가. 입부하고 싶다고 했으니까, 같이 외출할 기회가 많은 편이 좋겠지.

"너희 둘, 오프라인 미팅에 올래?"

"……대회 날에 하는 그거?"

오, 알고 있는 것 같다.

"응. 어쩌다 보니 거기에 초대를 받았거든. 같이 갈 수 있을 것 같은데 어떤가 해서."

"배 위에서 하는 거지? 가고 싶지만……"

"대회, 나갈 거니까."

"진짜냐."

배틀로얄 대회, 두 사람도 나가는 건가.

아쉽긴 하지만 게임을 즐겨주는 건 기쁘니까, 어쩔 수 없나.

"그럼 우리끼리 갈까……"

"계속 게임만 해서 여름다운 일은 한 적 없으니까, 가보고 싶긴 한데~."

"그래도 실력을 시험해 볼 기회는 놓칠 수 없어."

그, 그렇게나 우리를 쓰러뜨리고 싶냐?

"그보다도 선배, 들었어요."

"응?"

갑자기 허리를 수그린 후타바가 말했다.

"최강 결정전에서 이겼다고."

"잠깐잠깐, 무슨 소리야?"

"가장 강한 공적, 오빠네가 쓰러뜨렸다며?"

"벌써 전해졌다고?!"

바츠를 격추한 게 바로 지금이었는데?!

"그야, 채팅으로 말하고 있으니까."

미츠키가 여기, 하고 노트북 모니터를 가리켰다.

그곳에는 전체 채팅으로—

◆바츠 : 시끄러워. 그 녀석들 진짜로 세다고. 쫑알쫑알거릴 거면 네가 직접 해봐.

◆바츠 : 그보다 애플리코트의 길드는 우리 일행이니까, PK도 PKK도 우리가 톱인 셈이잖아.

"멋대로 남을 동료에 넣지 마!"

친구이기는 하지만, 일행이라고 하면 뭔가 납득이 안 가!

"저기, 오빠네 약하지 않았어?! 이래서는 미캉이 못 들어 가는데?!"

"우리도 강해지려고 한 건 아닌데……."

뭔지는 모르겠지만, 어쩌다 보니 우리 배가 강해졌다고!

환경이 문제야, 환경이!

"벽이 높은 편이, 보람이 있어."

"이거 봐, 미캉이 엄청 의욕을 내고 있잖아!"

"이건 좋은 일 아닐까."

"두고 봐. 반드시 쓰러뜨릴 테니까."

후타바는 조용히 투지를 불태웠다.

으~음, 강한 배라고는 생각하지 않지만, 그래도 포포리호가 격추되는 모습은 좀처럼 상상이 안 간단 말이지.

후타바, 어쩔 생각일까?

"어떻게 쓰러뜨릴 예정인데?"

"지금은…… 마음가짐으로."

노 플랜이었다!

"노력이야 하고 있지만, 그다지 숙달된 기분은 안 들어."

"공적, 어려워."

"간단히 당해버리면 평범한 플레이어가 곤란할 테니까."

그런 이야기를 나누던 중, 문득 후타바가 채팅창으로 시선을 돌렸다.

"선배."

그리고는 전체 채팅창에 표시된 바츠의 이름을 가리켰다.

"이 사람, 친구?"

"모르는 사이는 아니야. 후타바도 같이 레이드 했었잖아. 그때도 있었어."

매달 한 번씩은 뭔가 얽히게 되는 느낌이다.

"……소개해줘요."

"그거 좋네! 오빠, 이 사람 소개해줘!"

"……뭐?"

아까 막 격침시켰는데도 부르면 평범하게 만나러 오는 게 바츠의 몇 안 되는 좋은 점이 아닐까.

◆바츠 : 흠음, 그 자기보다 상위만 노리던 잔챙이가 너랑 가까운 사이였냐.

◆슈슈 : 여동생과 그 친구입니다.

◆미캉 : 입니다.

◆바츠 : 왠지 가끔 본다 했는데, 리얼 남매라니ㅋ

◆루시안 : 현실의 관계를 간단히 폭로할 정도로 게임에 물들지 않은 두 사람이니까, 다정하게 대해줘.

태연하게 말할 줄은 몰라서 조금 동요했다.

나중에 잠깐 주의를 줘야지.

그때, 바츠가 나한테만 보내는 개인 채팅으로 전환했다.

◆바츠 : 일단 묻겠는데, 얘들 귀엽냐?

◆루시안 : 가족의 편애는 별도로 두더라도, 엄청 귀여워.

◆바츠 : 오우, YES!

◆바츠 : ……미성년이냐?

◆루시안 : 완전 미성년.

◆바츠 : 칫.

칫, 이라고 하지 마!

내가 말하는 건 좀 그렇지만, 진짜로 내가 말하는 건 이상하지만, 어른이었다면 어쩔 생각이었냐고, 이 자식!

◆루시안 : 그보다 애초에! 여동생한테 남자 연락처를 알려달라는 소리를 들은 오빠의 마음을 알겠냐, 이 자식아!

◆바츠 : 모르는데ㅋㅋㅋ

◆루시안 : 내 마음이 완전 굉침된 건에 대해서 하나부터 설명해 줄 테니까 잠깐 거기 앉아.

◆바츠 : 그만둬, 윽박지르지 마ㅋ 너 역대 최고로 무섭다고ㅋ 젠장, 왠지 소중한 걸 잃어버린 기분이다.

◆바츠 : 그래서, 뭐? 공적 하는 법을 알고 싶다고?

채팅으로 돌아온 바츠가 물었다.

◆미캉 : 가르쳐줘.

◆바츠 : 알아서 실전을 쌓아라. 이상.

바츠는 뿌리쳤지만, 미캉은 계속 따지고 들었다.

◆미캉 : 할 만큼 하고 있어. 벌써 30번 졌어.

◆바츠 : 너무 졌잖아ㅋ 센스 없는 거 아니냐?

◆미캉 : 아마도, 센스는 없어. 하지만 부족한 건 그것만이 아니야.

후타바는 바보 취급을 받아도 딱히 화내는 기색 없이 말을 이었다.

◆미캉 : 우리는 아무리 해도 대형선에는 못 올라타. 중형 전투함도 무리. 상대의 특징도, 약점도 파악 못해.

◆바츠 : 그럼 소형선만 노리라고.

◆미캉 : 그럼, 뭐가 즐거워?

◆바츠 : ㅋㅋㅋㅋ

아, 왠지 반응이 좋네.

바츠가 이런 리액션을 보이는 건, 조금 분위기를 탔을 때다.

◆바츠 : 그런 발상은 없었는데ㅋㅋㅋ 강한 녀석밖에 노리지 않는 근성은 나쁘지 않고, 루시안의 일행이라면 조금은 이끌어 줘 볼까ㅋ

◆슈슈 : 해냈다!

◆미캉 : 고마워, 사부!

◆바츠 : 너, 전개 너무 빠르잖아ㅋ

◆루시안 : 어때? 재미있는 녀석들이지?

◆바츠 : 네 지인은 이상한 녀석들밖에 없잖아.

실례야! 적어도 나는 멀쩡하다고!

무조건 태클을 걸어올 테니까 채팅에는 적지 않을 거지만!

◆바츠 : 그래도 가르쳐 줄 게 딱히 있는 건 아니니까, 우리를 따라와서 하는 거 보고 있어. 못 익히면 무리야.

◆미캉 : 바라던 바.

아, 바라는구나.

우리는 조금 더 다정하게 가르쳐 주는 걸 좋아하는데.

◆바츠 : 그러다가 할 수 있을 것 같으면 아돌프를 쓰게 해 줄 수도 있으니까. 할 만큼 해보라고.

아직 수리 안 끝났지만ㅋ, 하고 바츠는 웃었다.

어라? 그 배에 태워 주기도 하는구나.

◆루시안 : 의외로 잘 돌봐주네.

◆바츠 : 이래 봬도 가까운 녀석들한테는 다정하다는 평판이 자자하거든ㅋ

◆루시안 : 이상한데. 가까운 사이 취급인데도 PK 당한 적이 있어.

◆바츠 : 그거야 개그였잖냐ㅋ

개그로 죽이지 말라고, 개그로!

◆바츠 : 덤으로 잔챙이 잡는 즐거움도 가르쳐 줄 테니까.

◆루시안 : 이상한 건 가르쳐 주지 마. 절대로.

◆바츠 : 아, 알고 있냐? 너네 오빠, 온라인 게임에서 진짜로 결혼한 것 같더라.

◆슈슈 : 아, 아코 씨에 대한 건 알고 있어요.

◆루시안 : 아코 이야기는 진짜로 안 돼!

그건 정말로 위험하니까!

바츠에게 직접적으로 정보가 알려지면 단숨에 서버 전체로 퍼질 거라고!

◆바츠 : 알고 있다고? 그럼 무슨 일 벌어진 거 없냐? 재미있겠는데?

그만둬어어어어어어!

2장

"아 코 가 아 코 였 어 요"

일주일 뒤, 기다리고 기다리던 일요일.

절벽을 때리는 파도 소리와, 뜨거운 햇살에 감싸인 요코하마항.

우리를 맞이한 것은, 레전더리 에이지 캐릭터들이 커다랗게 겉면에 그려진 배였다.

"크다~!"

"뭐야, 이거? 이타샤(痛車)#4가 아니라 이타센(痛船)이라고 해야 하나?"

"래핑이라고 해주자."

"진짜 호화 여객선은 처음이에요!"

이거 굉장한데! 지금부터 저기에 타서 출항하는 건가!

최근에 게임에서 자주 배를 탔다 보니 더더욱 흥분된다!

아코와 세가와, 아키야마와 나는 크게 흥겨워했지만, 그와는 반대로…….

"으음, 호화 여객선이라고 할 정도는…… 기껏해야 중형 사이즈 정도로군."

"그러게…… 이 사이즈라면, 하루 렌탈에 수백 만 정도 아

#4 이타샤(痛車) 만화, 애니메이션, 게임 등의 캐릭터나 로고 등으로 차체를 장식한 자동차.

닐까?"

"거기 두 사람! 현실적인 이야기는 그만둬!"

우리는 이걸로도 충분히 감동하고 있으니까!

감독하러 와 주신 선생님을 더해서 총 여섯 명이 운영진의 호의로 참가할 수 있게 되었다.

이미 승강구에 대기 줄이 있어서 스태프가 안내하는 중이다.

이 안에 레전더리 에이지를 만든 사람이 있다고 생각하니, 왠지 이상하게 긴장되네. 혼나면 밴을 당하거나 그러진 않겠지?

"그럼 얘들아, 예정대로 배 안에서는 호칭에 주의하렴."

선생님이 검지를 세우며 말했다.

"네~."

"특히 나는 절대로 캐릭터명으로 부르면 안 돼."

"알고 있어, 아카네."

"태연하게 부르네. 루시안."

"예전에 아코랑 했던 특훈으로 전원이 익숙해졌잖아."

모두 함께 오프라인 미팅에 가고 싶다고 했을 때 선생님이 꺼낸 유일한 조건이 『배에 탄 동안에는 호칭을 한 종류로 통일할 것』이었다.

예를 들어서, 사람에 따라 나를 니시무라나 루시안이라고 따로따로 부르면 같은 사람이라는 걸 알아채게 된다. 그러니까 캐릭터로 부르는 사람은 캐릭터, 이름으로 부르는 사람은 이름으로 통일하자는 이야기였다.

"그런 의미에서는, 세테 씨를 입으로 세테 씨라고 부르는 거, 왠지 익숙하지 않네."

"그러게, 나…… 나는 이름으로 부르는 게 익숙하니까."

"아카네, 지금 좀 어색했거든?"

"말하지 않으면 모르잖아!"

두 사람이 서로 장난을 쳤다.

좋아, 여기에 있어 봤자 더우니까 이제 가볼까!

"그럼 고양이공주 씨."

"고양이공주 선생님, 가자~."

"고양이공주 씨, 빨리~."

"다들 기다려."

이제 가볼까 하는 우리 앞에서 선생님이 양손을 내밀었다.

"왜 그래? 우리는 초대 손님이니까, 줄 서지 않아도 되잖아?"

"그게 아니라, 그렇게 고양이공주 씨라고 부르지 말아 줬으면 해."

"엥? 그치만 호칭은 통일하기로 했잖아요?"

"캐릭터명이 아니어도 되잖아!"

선생님은 은근히 필사적인 표정이었다.

으음, 안 되나?

"그냥 고양이공주 씨면 되잖아요."

"그러게."

"너희들, 남들 앞에서 공주라고 불리게 되는 내 마음도 좀 생각해줬으면 좋겠다냐."

냐, 라고 해도 말이지…….

"그럼 왜 그런 이름으로 지은 건데요?"

"대학생은 말이지, 여러모로 스트레스를 풀고 싶은 시기야. 너희도 조심해."

그, 그런 건가……?

그런 논리로 말한다면, 우리 여동생도 약간 부끄러워하지 않을까 하는 의혹이 있는데.

"그럼 뭐라고 부를까요?"

"선생님이라면 역할 놀이하는 것 같고, 사이토 씨라고 하면 남 같으니까, 유이 누나나 언니, 라고 하는 게 어떨까?"

선생님은 좋은 아이디어! 라는 듯이 싱글벙글 웃으며 말했다.

"으~음, 유이 씨라도 해도 되나요?"

"응응, 괜찮아~."

선생님은 아키야마에게 싱글벙글 웃으며 말했다.

선생님이 불러줬으면 좋겠다고 한다면야 딱히 상관없지만…….

"언니라고 부르는 것도 왠지 이상하네."

세가와가 문득 떠올랐다는 듯이 말했다.

"아, 차라리 유이 아줌마라고 하는 게 좋지 않을까? 딱히 위화감이 없꺼흑!"

"지금 뭐라고 말한 건가냐? 냐아아아아?"

"아, 아카네?!"

세가와가! 얼굴을 붙잡혀서 부들거리고 있어!

"아~카~네~? 세상에는 말이지, 말해서는 안 되는 것들이 무~척 많단다~?"

"노, 농……담……이었습니다…….."

"두 번 다시 말하면 안 되거든~? 언니와의 약속, 지켜줄 건가냐?"

"아, 알겠습니다…… 끄흑!"

"좋아."

선생님은 무너진 세가와를 보며 만족스럽게 끄덕였다.

"슈…… 왜 그렇게 공들여가며 자살을……."

"슈라고 부르지 말라고…….."

"이건 가혹한 체벌."

"지도라고 말하렴."

축 늘어진 세가와, 그녀를 간호하는 아코에게 선생님이 단호하게 말했다.

"내가 잘못한 거야…… 후훗, 이렇게 목숨을 잃게 될 줄이야…….."

"아카네~!"

"큭, 배를 타기 전에 한 명 탈락하다니…….."

"바보 같은 소리 하지 말고 승선 접수하러 가자."

"네~."

"아직 아픈데……."

자자, 빨리 안 타면 두고 간다~.

올라탄 배는, 마스터와 선생님의 말대로 호화 여객선 같은 느낌은 아니었다.

하지만 이곳저곳에 LA 캐릭터를 장식해 놓거나 포스터를 붙여 놓은지라, 고급스러운 분위기가 나는 것보다는 친근감이 들어서 괜찮은 것 같았다.

"와~, 이렇게 보면 1년 만에 이것저것 늘었네요."

"호텔은 포와링이 메인이라 다른 굿즈는 별로 없었으니까."

"저기, 저거 이번 신 캐릭터 아니야?"

아키야마가 가리킨 곳에는 NPC의 등신대 패널이 놓여 있었다.

"천공성의 NPC, 소피아 엔틸미트인가."

"마스터, 이름까지 용케 기억하네."

"가끔 등장할 때마다 채팅에서도 화제가 되고 있으니까."

"귀여우니까요. 지금 이 옷을 만들 수 없을까 알아보고 있어요."

우리는 같이 사진이라도 찍을까 싶어서 다가갔다.

그러자 패널 앞에서 대화를 나누는 두 사람의 목소리가

들렸다.

"이거 마지막에 죽는 애 아냐?"

"왜 굳이 죽는 NPC를 장식해 둔 거지? 다른 것도 있을 텐데."

스포일러어어어어!

아직 엘더즈 가든 퀘스트 안 끝났다고! 그런 건 모른단 말이야!

"떨어지자! 바로 이곳에서 이탈한다!"

"저 아이, 죽어 버리는 건가요?!"

"됐으니까 빨리! 이 이상 스포일러 당하기 전에 도망치자!"

아코를 잡아당겨서 위험 영역에서 이탈했다.

큭, 인터넷에서 조심하던 스포일러를 이런 피할 수 없는 곳에서 당해 버리다니, 역시 오프라인 미팅, 방심할 수 없다니까.

"그럼, 일단 뭐할까?"

접수처에서 받은 팸플릿을 보면서 모두에게 물었다.

"나는 메인 스테이지의 『비행선 배틀로얄 대회』만큼은 꼭 보고 싶은데."

"슈슈와 미캉이 나오니까요."

"TMW도 어젯밤 늦게까지 모의 함대전을 하고 있더군."

"그럼 응원해야겠네."

평범한 배가 어떻게 싸우는지 보고 싶으니까.

"그게 한 시간 뒤니까…… 저기, 미니 게임 하지 않을래?"

아키야마가 저쪽 저쪽, 하고 갑판 쪽을 가리켰다.

갑판의 넓은 공간을 써서 여러 미니 게임을 준비해 둔 모양이다.

"고득점을 얻으면 상품도 준대!"

"상품이라고 하면 내가 나가지 않을 수 없군."

"여, 연속해서 도전하는 건 안 되거든? 다들 돈은 과하게 쓰지 않도록 조심해야 한다?"

선생님이 쓴웃음을 지었다.

갑판에 펼쳐진 미니 게임 구역은 이 시간의 메인 스테이지인지 엄청난 숫자의 손님으로 북적였다.

왠지 문화제처럼 보이기도 했다.

"뭘 할까? 뭘 할까?"

"아, 나 저거 하고 싶어! 펀칭 머신!"

으~음, 펀칭 머신이라…….

게임 센터에 많이 있는 거다.

"그런 몸으로 하는 게임은 거북해요."

"나도."

"으으음, 나도 때리는 훈련 같은 건 하고 싶지 않다만."

"그래도 봐봐, 저거."

세가와가 가리킨 곳에서는 샌드백을 치는 참가자의 모습이 보였다.

그러나 그 표정은 장난으로 보이지 않을 만큼 진지했다.

"왜 저렇게 진지하게 때리는 거지?"

"저거 봐, 펀칭 머신의 타깃. 제련 NPC의 얼굴이 있잖아."

"진짜다!"

평범함 샌드백이 있어야 할 측정기에, 제련 NPC의 얼굴이 붙어 있어!

그렇구나, 그런 거였나. 이해가 된다.

"할 거지?"

"그럼, 당연하지."

"가봐요."

"부서질 때까지 하자."

우리는 단숨에 의욕으로 가득 찼다.

"다, 다들 제련 NPC에게 그렇게 원한이 많았어?"

"여러모로 고생했을 테니까."

선생님은 쓴웃음을 짓고 있었지만, 샌드백을 보는 눈은 별로 웃고 있지 않았다.

"……나도 잠깐 두들겨 볼까……."

"유, 유이 씨?!"

선생님도 제련은 꽤 많이 하는 편이니까.

그렇게 줄을 서서 잠시 뒤…….

의외로 바로 차례가 돌아왔다.

"처음에는 나!"

퍼억!

『아카네! 대미지 50K!』

"평소 나였다면 메가 단위가 나왔을 텐데!"

퍼억!

『아코! 15K!』

"노력했어요!"

"그냥 어루만진 레벨이잖아!"

빠앙!

『애플리! 75K!』

"제련 NPC를 향한 분노가 나를 강하게 한다……!"

"그야 마스터가 제일 어그로가 쌓여있겠지."

빠칭!

『세테! 60K!』

"어라? 별로 안 나왔네!"

"엄청 좋은 소리가 났는데 말이지."

"파워라기보다는, 핸드 스피드가 굉장하군……."

"무, 무서워요."

"좋아, 그럼 나도."

힘껏 체중을 실어 두들기자, 뻐억 하는 소리가 났다.

『루시안! 110K!』

오오, 꽤 나왔네!

"나 제법인데?!"

"역시 남자~."

"루시안, 굉장해요!"

그렇지, 그렇지!

오랜만에 좋은 모습을 보여줬네, 하고 가슴을 폈지만…….

"우리 중에서는 그나마 나온 편이지만, 이거 평균 이하잖아."

"기뻐하는 중이니까 말하지 말라고."

우와, 진짜다. 평균은 조금 더 위다.

가뜩이나 열 받는 NPC의 얼굴이 붙어 있으니 모두의 파워가 올라간 거겠지.

"으~음. 평균 이하라고 하니까 분하네."

"한 번 더 하고 싶어~. 다음에는 좀 더 체중 실어서 칠 거야."

"같은 게임에 두 번 줄 서면 시간이 아깝잖아."

그렇긴 하지만. 저거 봐, 조금 위, 115K가 평균인 것 같으니까 그 정도라면 노력하면 넘을 수 있을 것 같다고.

"음, 저쪽의 사격 게임은 어떠냐?"

"스나이핑 헤드샷 사격 게임, 이라…….."

헤드샷을 노려라! 라고 적힌 사격 게임 노점이 있었다.

평범한 노점, 이겠지? 저거?

스킬명을 붙이면 그걸로 충분한 건가. 다들 줄 서고 있긴 하지만.

"저요저요! 저, 사격에는 자신 있어요!"

"스나이퍼 라이플은 없을 텐데."

"루시안은 방패를 던지면 되잖아요."

"사이즈와 무게를 생각하면, 한 줄을 통째로 따낼 것 같네!"

그렇게 말한 직후—.

"어? 루시안?"

앞을 지나가던 남자가 발을 멈추고 이쪽을 봤다.

어, 누, 누구지? 못 보던 사람인데…….

"루시안? 그 IG?"

"아, 네."

임페리얼 가드니까 내가 맞겠지.

근데 상대가 누구인지 몰라서 조금 무섭다.

"우와, 진짜로? 왔었구나!"

"으~음…… 누, 누구시죠?"

"아, 미안. 나는 마고넨, 마고넨이야."

모른다고!

이름을 들어도 몰라! 누구냐고! 친구 리스트에도 없을 텐데!

다들 알고 있는 건가? 모르는 건 나뿐이야?

알고 있어? 하고 다른 일행을 돌아봤다.

"그나저나 덥네~."

"으, 으음. 미니 게임 건물 탓에 바람이 막혀 있으니까 말이다."

"앗, 저는 펀칭 머신 쪽에 다시 줄 서고 있을게요~."

이 녀석들, 남인 척하고 있어!

평소에는 믿음직한 선생님도 고양이공주라는 이름이 발목을 잡아서인지 모르는 척하고 있고!

어쩔 수 없지. 내가 물어볼 수밖에 없나.

"실례지만, 어디서 만났었던가요?"

"기억 안 나? 몇 번 공개 파티에서 같이 했었잖아."

그것뿐이냐고! 그야 기억 못하지!

공개 파티에서 만난 딜러가 몇 명인 줄 알기나 해!

"기억이 잘……."

"진짜냐~. 난 솔로라서 탱커의 이름은 잘 기억하거든."

"어? 루시안. 아는 사이인데 잊어버린 거야~?"

그때, 내 옆에서 불쑥 튀어나온 아키야마가 말했다.

그, 그랬어! 지금 동료 중에는 겁먹지 않는 사람이 한 명 있었지!

이럴 때는 고맙다!

"불쌍해라~! 한번 만난 사람은 보통 기억해야지!"

"네가 너무 잘 기억하는 거야!"

"뭐? 나, 루시안과의 추억은 전부 잊지 않고 있는데?"

그건 그것대로 심해!

하지만 덕분에 대화가 편해졌다. 고마워, 아키야마.

이걸로 조금은 이야기가 되려나, 생각하고 있는데, 마고넨 씨(자칭)가 우리를 보며 눈을 동그랗게 떴다.

"엥, 여자 친구?"

"네?"

어디에서 그런 발상이 튀어나왔어?!

"으응? 그렇게 보여? 여자 친구로 보인대~ 어쩌지? 루시안~."

"어디의 짜증 캐릭터냐. 그럴 리가—."

퍼엉! 그때, 무척 커다란 소리가 났다.

『아코! 120K!』

"와~, 굉장한 스코어네요~."

"우, 우와……."

"저 몸의 어디서 저런 파워가……."

히이이이이익!

저 녀석, 자기는 도망친 주제에 불합리하게 화내고 있어!

"그런 거 아니거든요?! 그치? 세테 씨!"

"응응, 아냐아냐! 그냥 길원이야!"

"아, 그렇구나. 다행이네."

에잇, 뭐가 다행인데?! 나한테 여자 친구가 있으면 무슨 문제 있냐!

뭐, 내 여자 친구(나 시점)는 저쪽 펀칭 머신에서 굉음을 토해낸 아이지만!

"그, 그럼 난 가볼게."

"게임 안에서 또 봐요~."

"만나면 친구 등록하자고~."

마고넨 씨(잠정)와 손을 흔들며 헤어졌다.

아아, 정말. 이런 이상한 만남이 있을 줄이야.

세가와가 캐릭터명을 봉인한 건 올바른 선택이었을지도 모른다.

"모르는 사람이었네요~."

앗, 아코가 천연덕스러운 얼굴로 돌아왔다!

"아, 아코? 농담이었거든?"

"괜찮아, 아코. 바로 부정했으니까."

"알고 있어요~."

아코가 포근하게 말했다.

다행이다. 거짓말은 아닌 것 같다. 정말로 화가 난 건 아닌 모양이다.

"알고는 있지만, 그래도 역시 STR은 올라가네요."

아코는 주먹을 슉슉 휘두르며 말했다.

울컥했을 뿐인데도 그 수치를 냈다면, 전력으로 치면 대체 얼마나 나오는 건데?!

"500K 같은 게 나왔다면 버그라고 생각했겠지만, 평범하게 가능한 숫자인 게 무섭다니까."

"레슬링부에서 자주 보는 숫자였어……."

"체중과 마음을 한껏 실었겠지."

내 신부 진짜 무섭잖아.

그리고 짓궂은 장난을 친 아키야마가 잘못하긴 했지만,

아코가 도망치지 않았다면 착각할 일도 없었다고.

"오히려 진짜 여자 친구인 아코가 처음부터 같이 있었으면 좋았을 텐데."

왜 도망친 거야~ 라는 뜻을 담아 아코의 어깨에 손을 올렸다.

조금 땀에 젖은 옷의 감촉. 왠지 아코를 만지는 게 오랜만인 것 같다.

단지, 평소였다면 그대로 이쪽으로 다가왔을 아코가—.

"후, 후왓!"

내 손에서 휙 떨어져서 남들과 부딪히며 멀어졌다.

에에엑?! 이래도 도망친다고?!

"왜, 왜 그래? 아코."

"아뇨, 저기, 땀을 조금 흘린지라 그리 좋지 않은 느낌이 들어서 말이죠!"

"그야 이런 직사광선 아래에 있으니까 땀 정도는 흘리지."

"그렇긴 하지만요!"

아코는 허둥지둥 주변을 돌아본 뒤에 다른 노점을 가리켰다.

"자, 잠깐 사격이나 하고 올게요!"

"거기, 멋대로 어슬렁거리면 안 되잖니."

아코가 도망치듯이 스나이핑 헤드샷 사격 게임으로 향하자 선생님이 그 뒤를 쫓아갔다.

으~음, 잘 모르겠지만 역시 피하는 건가.

그런데도 아까 아키야마 같은 일이 있으면 화내는 것 같고…… 어떻게 돌아가는 거지?

뭐, 됐다. 나도 쫓아갈까…….

"있지, 루시안. 잠깐 괜찮아?"

그렇게 걸어가려고 했는데, 세가와가 내 팔을 쭉 잡아당기며 막았다.

"음…… 역시 묘하군."

마스터도 복잡한 표정으로 옆에 섰다.

"왜 그래? 두 사람 다."

"물어도 되는 건지 모르겠는데……."

세가와가 왠지 기대하는 듯하면서도 불안한 듯한 복잡한 표정으로 물었다.

"너, 아코랑 싸우기라도 했어?"

"……왜 그렇게 생각하는데?"

"그야 이상하잖아. 평소처럼 찰싹 달라붙지도 않고, 부부라는 어필도 안 하고. 아까도 그래. 평소의 아코였다면 『제가 아내예요~』 하고 뛰쳐나왔을걸?"

"그래, 평소와 다른 느낌이었다. 땀을 흘렸다고 루시안과 떨어질 타입은 아니라고 생각한다만……."

"지당한 말씀이십니다."

잘 보고 있구나.

수학여행 뒤, 여름방학에 접어들면서 이상해졌으니까, 현실에서 아코와 함께 있는 모습을 보여준 적이 적었다.

그런데도 이렇게 빨리 눈치채다니, 우리는 그렇게 찰싹 달라붙어 있었나?

……달라붙어 있었겠지. 응.

"그 말은, 진짜로 싸운 거야? 무슨 일이 있었는데?"

"싸웠다고 할 정도는 아니야. 다툰 것도 아니고."

뭐라 말해야 좋을까.

나도 잘 모르니까 설명하기 어렵다.

"기본적으로는 평소와 똑같은데, 일정 라인을 넘어서면 도망친다고나 할까, 스킨십을 꺼린다고나 할까. 수학여행 뒤부터 이런 느낌이거든."

"스킨십을 꺼리는 아코, 라니…… 그거 역시 미움받은 거 아니야?"

세가와가 걱정스레 물었다.

"진짜로 그런 분위기는 아니라고 생각하는데."

평소의 아코는 알기 쉬운 타입이라고.

흥미가 없는 일에는 무척이나 담백하니까, 싫어하면 바로 알 수 있다. 그렇게 믿고 싶다.

"응? 간단한 거 아냐?"

"우왓?!"

마스터와 세가와 사이에서 아키야마가 튀어나왔다.

너도 듣고 있었냐.

"간단하다니 무슨 뜻이냐?"

"그도 그럴 게 방금 아코, 이상했잖아?"

아키야마는 그렇게 말하고는 즐거운 듯이 웃었다.

"이상하다고 말하면 안 되려나? 귀여웠지?"

"이상했지만, 귀엽다?"

의아해하는 세가와에게 아키야마가 웃으며 말했다.

"응. 처음 봤어. 저렇게 수줍어하는 아코."

……수줍어한다고? 저게 수줍어하는 거였어?

저 아코가? 나랑 달라붙는 걸, 수줍어해?

"거짓말~."

"그럴 리가 없잖아~."

"두 사람 다 아코를 뭐라고 생각하는 거야?!"

울컥하며 팔짱을 낀 아키야마가 설교하듯이 말했다.

"처음으로 키스했잖아. 아코도 수줍어하지. 여자아이니까."

"쟤, 요전에도 멋대로 했다고 그랬었잖아."

"자기가 하는 건 괜찮아도, 상대가 해줬으니까 깜짝 놀란 거 아냐?"

그리고는 내 등을 툭 두드렸다.

"아마 아코는, 자기가 사랑받는다는 걸 실감한 게 처음이지 않을까? 그래서 조금 수줍어진 거야."

보고 있으니까 어쩐지 두근두근하네. 아키야마가 그렇게 말하며 미소를 지었다.

"그런…… 건가?"

"이해는 가지만…… 뭔가 아닌 것 같단 말이야."

세가와가 멀리 있는 아코를 살짝 바라보며 말했다.

"그렇게나 꽁냥꽁냥 지냈는데 사랑받는다는 실감이 없었다는 건…… 아무리 그래도 자신감이 너무 없잖아."

"사랑받는다고 생각하지 않았다는 건, 생각하고 싶지 않은데."

쑥스럽고 부끄러운 걸 참아가면서 좋아한다고 말한 적이 몇 번이나 있으니까.

오히려 현실에서 고백한 건 내 쪽이기도 하고.

"그런 현실적인 이야기가 아니야! 여자아이는 감정으로 움직인다고!"

"버튼 하나 수준인가……."

"감정표현 동작이 아니라! 좀 더 감정적인 느낌이야!"

감정적인 느낌이라는 게 대체 뭔지 잘 모르겠는데?!

"나도 어엿한 여자지만, 잘 모르겠어."

"이 몸 같은 소리를 하고 다니니까 그렇지!"

"그건 상관없잖아!"

아코가 수줍어한다?

그동안 마구마구 밀어붙이던 아코가 수줍어한다고?

그건 그것대로 왠지 기쁜 마음도 드네.

마치 평범한 여자아이 같다.

"이야기를 듣고 고민해 봤다만, 내 예상은 조금 다르다."

그때, 왠지 즐거운 표정을 지은 마스터가 말했다.

"마스터는 어떻게 생각하는데?"

"단순히, 배려를 할 수 있게 되었다고 생각한다만."

마스터는 고개를 끄덕이고는 기쁜 듯이 미소를 지었다.

"마음이 통하게 되어 안심한 결과, 초조함이 없어진 거다. 루시안과의 알맞은 거리감을 모색하는 중이라서, 일시적으로 거리가 생긴 것처럼 보이는 게 아닐까."

나를 배려하고 있다…… 안심하고 있다, 라…….

아까 아키야마와 있었던 일에서도 예전처럼 과잉반응을 보이지는 않았으니까.

불안한 일이 없으니까, 안심하고 있다는 건 이해가 간다.

"확실히 지금 정도라면 남이 보더라도 부끄럽지는 않지만……."

하지만 배려라는 것하고는 왠지 다른 것 같은데…….

"헉! 알아냈어!"

아키야마의 팔을 찰싹찰싹 때리던 세가와가 고개를 획 들었다.

"뭘 알아낸 건데? 아카네."

"훗훗훗, 연애 마스터 아카네 님의 추리를 들려줄게."

"어, 어어."

연애 마스터는 고사하고 스킬 레벨 1이라는 느낌인데.

"루시안, 너 지금까지 아코에게 거시기한 유혹을 받아도 계속 도망쳤었잖아?"

"표현이 최악이잖아! ……뭐, 이상한 짓은 하지 않으려고 했었지."

이상한 짓을 하면 직결충이라는 비난을 면할 수 없으니까.

"그런데 요전에 마침내 네가 나서서 키스를 했잖아? 그렇다면, 처음으로 아코를 야시시~한 눈으로 바라봤다는 뜻이잖아!"

"아니, 잠깐잠깐잠깐!"

"네가 아코에게 흑심이 있으니까, 그래서 도망치는 거야! 아아~, 이러니까 남자는~!"

"내 말 좀 들어봐!"

무슨 실례 되는 소리를! 내가 그때 처음으로 아코에게 흑심을 가졌다고?!

"그럴 리가 있냐! 나는 처음부터 아코를 야시시한 눈으로 바라봤다고!"

"잘난 듯이 할 소리가 아니거든?!"

나로서는 음흉한 변태보다는 그냥 변태인 게 더 낫다고!

"그렇다고 해도, 아코는 널 그렇게 보지 않았었잖아."

"진짜냐. 그래서 피해 다니는 거라면 좀 심각한데……."

내 흑심이 아코에게 전해져서 미움받는 거라면, 시선이나 말투가 변태 같았다는 건가……?

나는 아코를 어떻게 보고 있었더라?

"……."

선생님과 함께 사격 게임 줄에 선 아코를 슬~쩍 바라봤다.

오늘의 아코는 결코 저질스럽지는 않지만, 여름답게 나름 피부를 드러낸 옷을 입었다.

스커트도 꽤 짧은 것 같고, 확실히 가슴이나 다리가 조금 보이기는 하는데…….

"거봐, 그런 시선이라고."

"아아아아아아, 무, 무심코 의식해버렸어!"

아뿔싸, 이런 눈으로 보는 게 안 된다는 이야기였는데!

"……응?"

황급히 눈을 돌리려고 했지만, 아코와 눈이 딱 마주치고 말았다.

아차, 또 미움받는 게 아닐까?

"루시안? 같이 줄 설래요?"

아코 씨, 기쁜 듯이 손을 흔들고 있는데요!

"큰소리로 캐릭터명 부르지 마~."

조금 초조했지만, 그래도 손을 흔들며 말했다.

그러면 여기저기서 다 듣거든.

"흑심이 문제인 것 같지는 않네."

"으음, 아코 군답지 않다는 생각은 든다만."

"수줍어한다거나, 배려한다거나, 그쪽이 더 아코답지 않잖아."

그것도 동감이지만!

"애초에 아코 쪽이 은근히 루시안을 야한 눈으로 보고 있지 않아?"

"저 녀석, 나를 그런 눈으로 보고 있었어?!"

게다가 알고 싶지 않았던 정보가 나왔고!

아아, 진짜…… 뭐가 정답인 건데! 아코는 대체 어떻게 된 거야?!

"저기, 신경 쓰이면 확인해 보자."

에잇, 이 리얼충 같으니라고. 남의 연애 사정을 들으며 두근대기는!

물어보라는 말을 참 간단히 한다니까.

"물어보는 게 무섭잖아."

"어? 왜?"

"……혹시, 다른 사람을 좋아하게 됐다, 같은 말이 나오기라도 하면……."

"엥?!"

그런 말도 안 되는 소리를 들었다는 표정을 지을 건 없잖아?!

말도, 태도도 변함이 없는데, 몸이 닿는 건 거부한다—이건 다른 사람을 좋아하게 됐을 때의 흔한 패턴 아니야?!

"만약 그렇다면…… 난 그냥 죽어야 하잖아?"

"아니, 그건 아닐 것 같은데?"

"만일 그렇게 되면, 나는 이대로 바다에 뛰어들 수밖에 없고……."

"구해주기 힘드니까 그만둬."

일부러 구해주는 거냐. 그냥 죽게 해줘.

"설마 아코…… 결혼한 건가…… 내가 아닌 녀석과……."

"아니, 정말로, 말도 안 되잖아."

"제일 말도 안 되는 예상이로군."

"응, 아냐아냐."

"나도 그렇게 생각하지만!"

믿고 있지만, 믿고 있기에 불안하다고나 할까!

예전에 아코가 현실의 내게 환멸을 느끼는 날이 오지 않을까 생각한 적이 있는데, 정말로 그렇게 된다면 깨닫지 못한 척을 하는 게 고작일 거라고!

"하아, 정말이지 중요할 때 겁쟁이라니까."

"남 일이라고 그렇게……."

"앗, 아코가 돌아오는데?"

이야기하는 사이 아코가 사격 게임에서 돌아왔다.

왠지 긴장하면서 기다리자, 첫마디는—.

"무리였어요!"

"그렇게 기운차게 말할 일이야?!"

"맞았는데 안 쓰러졌어요오."

"역시 아코야. 배가 꽤 흔들리는데 용케 맞추더라? 전혀 쓰러지지 않았지만."

"가게 측에 문제가 있다니까요……."

아, 역시 평범하네.

"이렇게 보면 평범하네."

"다가갈 때만 그러네."

"이제 됐으니까 신경 쓰지 마. 조만간 어떻게든 되겠지."

"에이~."

"에이~."

그런 시시하다는 말투는 그만둬!

"그보다도 자, 이제 곧 비행선 배틀로얄 대회가 시작된다고. 그쪽 무대로 가자."

"어쩔 수 없네."

"나중에 몰래 들어야지~."

그만두라고…….

"스크린이 있다는 건, 관전하는 장소는 배 안에 있나요?"

"팸플릿에는 그렇게 쓰여 있네. 에어컨이 돌아가면 좋겠어."

"너무 더워서 계속 마셨더니 벌써 물이 다 떨어졌어요."

"그거 큰일이네. 일사병은 농담으로 넘길 수 없으니까 먼저 자판기 코너로 가자."

그렇게 말하며 선두에 서서 걷는 선생님을 따라 우리도 걸음을 옮겼다.

하지만 수백 명이나 되는 참가자 대부분이 게임 코너에 모여 있던 탓에 사람이 많아서 좀처럼 나아가지 못했다.

조금 걷기만 해도 바로 어깨가 닿아서, 긴장을 풀면 인파에 휩쓸릴 것 같다.

……아니, 잠깐. 그렇다면 언제나 흐느적흐느적 돌아다니는 아코는—.

"사, 살려주세요오오오오오!"

"역시 휩쓸렸어~!"

아니나 다를까! 그냥 휩쓸리고 있잖아!

"자, 아코. 여기, 여기."

"루시안~!"

아코의 손을 꽉 잡아서 이쪽으로 당겼다.

순순히 끌려온 뒤, 아코는 몸을 움찔 떨면서 말했다.

"저, 저기, 손이 엄청 땀에 젖어서요!"

"그건 나중에! 휴대전화 전파도 엄청 약하니까 떨어지면 죽는다고!"

수줍어하는 건지 싫어하는 건지 신경을 써주는 건지는 모르겠지만, 여기서 휩쓸리면 언제 합류하게 될지 알 수 없다.

여기서는 무조건 끌고 가야 한다.

"아우아우아우아우……."

"자, 이제 얼마 안 남았으니까 힘내!"

아코의 손을 당기며 어떻게든 인파에서 탈출했다.

수백 명이 이 정도인데, 수만 명이 오는 오프라인 미팅에서는 몇 명 정도 쓰러지지 않을까?

"아코~, 루시안~, 여기여기~!"

오, 배 측면 갑판에서 세가와가 부르고 있네.

다행이다. 저쪽은 비어있는 것 같다.

"이야~, 아코가 휩쓸려서 위험했어."

"유이 언니가 당겨주지 않았다면 나도 고리 던지기 줄에 서 있을 뻔했어."

"내 주변은 어째서인지 사람이 피해 간다만……."

"그야 긴장하게 만드는 오라가 나오니까 그렇지."

후우, 합류할 수 있었다. 이제 안심이다.

이크, 아코의 손을 계속 잡고 있었네.

"미안, 아코. 이제 괜찮……거, 든?"

"후왓, 후와아아아아아앗~!"

왜, 왠지 새빨간 삶은 달걀처럼 되었잖아!

"왜 그래, 아코! 일사병이야?!"

"아, 아뇨, 괜찮, 아앗! 루시안이 머리 위에 손을 올려서냐 우냐우……."

우왓! 아코가 완전히 고장 나버렸어!

"명백하게 괜찮지 않잖아! 무, 물?! 아니면 얼음?!"

"이럴 때는 아무튼 체온을 내려야 한다. 최악의 경우에는 머리에 물을……!"

"바로 차가운 스포츠 드링크를 사 올게! 잠깐 기다려!"

선생님이 자판기로 달려갔다.

〈140〉 온라인 게임의 신부는 여자아이가 아니라고 생각한 거야? 16

에잇, 손에는 미지근한 물밖에 없지만 안 마시는 것보다는 낫겠지.

"잠깐, 잠깐만. 루시안, 잠깐 떨어져 봐. 아코도 진정되고 있으니까."

"어? ……어, 어."

아키야마의 말을 듣고 아코에게서 조금 거리를 벌렸다.

아코는 축 늘어져서 주저앉아 있지만, 확실히 점점 안정을 되찾는 것처럼 보였다.

그저 아까 전의 흐늘흐늘했던 상태가 너무나도 이상했던 거였지만.

"죄, 죄송해요. 조금 허둥댔어요……."

크게 숨을 내쉰 아코가 얼버무리듯이 말했다.

"조금 허둥댄 레벨이 아니었는데."

"대혼란이었지."

"그런 것치고는 바로 진정됐네."

하지만 이건 명백하게 보통 일이 아니었다.

"……루시안은 이러쿵저러쿵 말하지만, 이건 물어봐야 할 것 같아."

"그러게. 이유는 그것 정도밖에 없고."

"어쩔 수 없군."

전원의 시선이 내게 모였다.

그, 그렇지. 내가 손을 당기며 걸었더니 아코가 이상해졌으니까. 분명 뭔가가 있다.

이렇게 주저앉을 정도니까, 확실히 물어봐야지.

"있잖아, 아코."

"네, 네에?"

내가 진지하게 말을 걸자 아코는 조금 겁먹은 것 같았다.

그렇다고 물러설 수는 없기에, 배에 힘을 주고, 마침내 물었다.

"최근, 나를 피하고 있지?"

"에엑?! 그렇지 않은데요!"

아코는 고개를 붕붕 내저었다.

아니, 너, 「어째서 들킨 건가요?!」라는 표정으로 말하고 있는데?

"그런 거 맞잖아."

"손을 잡기만 해도 쓰러지질 않나."

"평소였다면 끌어안거나 팔짱 낄 텐데."

"우, 우우⋯⋯."

전원이 따지자, 아코는 얌전히 고개를 숙였다.

"역시, 알 수 있나요?"

"그야 바로 알지."

게임 안에서는 평범했지만, 현실에서는 만나자마자 바로 눈치챘다.

"어떤 이유든 놀라지 않을 테니까, 전부 말해줘."

"……네."

그렇게 말한 내게 고개를 끄덕인 뒤, 아코는 살짝 시선을 돌렸다.

"……실은, 저기……."

그리고 그대로, 무척 말하기 힘들다는 듯이 입을 다물었다.

어, 왜 말이 막혔어? 내게 말 못 할 이유인가?

설마, 진짜로 나 말고 좋아하는 사람이 생긴 게—.

"자, 아코. 루시안의 야시시~한 시선이 싫은 거지? 확실하게 말하는 게 좋거든?"

"루시안이나 주변에 신경을 쏟는 바람에 조금 당황했을 뿐이겠지. 신경 쓸 것 없다."

"에이, 수줍어하는 거지? 루시안하고 손을 잡아서 부끄러워진 거잖아?"

"쓸데없는 소리 하지 말라고~!"

모처럼 말하려고 하는데 엉망이 되잖아!

"아아, 정말, 어느 거든 좋으니까 솔직하게 말해줘!"

"아, 아니거든요?! 전부 아니에요!"

"아니야?!"

전부 꽝?! 어느 것도 아니라고?!

"거짓말! 자신 있었는데~!"

"배려하는 여자 아코……는 아니었나."

"에이, 분명히 수줍어했는데~."

그렇다면 대체 뭐지?

역시 나 말고 좋아하는 사람이…….

"실은 저기…… 수학여행 뒤부터, 그게…… 좋아져서……."

좋, 좋아져?! 좋아졌다고 했어?!

누가?! 뭐야?! 나 말고 다른 녀석이야?!

"좋아졌다니…… 누가?"

"……루시안요……."

"……."

…………?

어라? 왠지 상상한 범위를 가볍게 뛰어넘는 엉뚱한 대답이 나왔는데?

"……응, 알고 있는데."

그랬으면 좋겠다고 생각하는 거지만.

"아, 그, 그게 아니고요. 들어 주세요!"

내가 어리둥절하게 있자 아코가 당황하며 말했다.

"저기, 루시안은 계속 좋아하고 있어요. 그건 변함없어요. 단지, 저기, 루시안한테 키스를 받고 나서, 뭐랄까……."

아코는 내 얼굴을 힐끔 바라본 뒤, 양손으로 얼굴을 확 덮으면서 말했다.

"루시안이 좋아서, 너무 좋아서, 이제 연애라든가 사랑이라든가 존귀하다든가 그런 레벨이 아니라…… 같이 있기만 해도 행복한데, 손을 잡거나 안아주거나 하면 심장이 아프고 머리가 멍해져서 움직이지를 못하게 돼버려서, 가슴이 너무 두근거린 나머지 쿵쿵사(死)해버릴 것 같아서……."

"……."

"…………."

나의 신부, 터무니없는 소리를 하고 있는데.

"아…… 다시 말해서."

말하기 엄청 거북하지만, 일단 정리해보자면—.

"내가, 저기, 너무 좋아져서, 몸이 조금 닿기만 해도 이상해질 것 같으니까, 필사적으로 피하고 있었다?"

"맞아요……."

저기, 얘 진지한 표정인데?

차라리 농담이었다면 이해할 수 있었겠지만, 아코의 표정은 정말 진지했다.

"아…… 루시안, 잠깐 아코의 손 좀 잡아봐."

"얍."

"후왓, 후와아아아아아아아아앗!"

아코의 손을 살짝 잡자, 순식간에 아까와 같은 삶은 달걀 모드로 돌아갔다.

우와, 정말로 그게 이유였나.

"진짜냐. 이런 바보 같은 일이…… 아무리 그래도 상상도 못했는데……."

"상상을 뛰어넘을 정도로 아코였어."

"아코, 니까……."

"뭐…… 행복하다면 됐겠지……."

"다들 너무해요! 저는 진지하거든요?!"

아코는 무척이나 납득할 수 없다는 표정으로 말했다.

"사실은 루시안과 단둘이서 좀 더 꽁냥꽁냥 달콤한 여름 방학을 보내고 싶었어요! 그런데, 그런데 이런…… 우우우, 저의 멘탈이 좀 더 강했더라면……."

"아니…… 응, 그래, 알겠습니다……."

이걸로 진지하게 고민하는 건 이제 그만 두자.

"요컨대~, 두 사람이 행복한 키스를 나누고 끝나버린 탓에 사랑이 폭발해서, 아코가 꺄아꺄아 상태가 되어 버렸다는 거잖아. 조만간 익숙해질 거야."

"그러면 좋겠지만…… 우우, 죄송해요, 루시안. 미안해서 계속 말하지 못했어요……."

"괜찮아, 아코를 얕보고 있던 내 잘못이야."

아코의 사랑이 이렇게 더 초월하게 될 줄은 몰랐다.

설마 나 말고 좋아하는 사람이 생긴 게 아닐까 걱정했던 내가 더 미안하다.

"뭐, 원래부터 괜찮았던 거니 조만간 원래대로 돌아오겠지."

"네. 반드시, 반드시 곧 나을 거예요!"

아코는 겨우 내 눈을 바라보며 진지한 표정으로 말했다.

그, 그렇게 진지하게 생각하지 않아도 되거든?

초조해하지 않아도, 어차피 머지않아 원상태로 돌아올 테니까.

"스포츠 드링크 사왔어! 아코의 상태……는…… 어라?"

"아, 어서 오세요. 유이 씨."

"유이 언니, 조금 바보 같은 일이 벌어져서 목이 마른데, 그거 마셔도 돼?"

"어, 어떻게 된 건가냐? 아코는 괜찮은 건가냐?! 설명하라냐, 루시안!"

"뭐랄까, 저기…… 아코가 아코였어요."

"무슨 일이 있었던 건가냐?!"

††† ††† †††

문제 해결……은 되지 않았지만, 적어도 걱정거리는 없어졌다.

아코에게 미움받았다거나, 그런 일은 아닐 거라고 믿고 있었다.

믿고 있었지만, 그래도 정말 안심했어.

"마음이 가벼워……. 이런 마음으로 관전하는 건 처음이야. 이제 아무것도 두렵지 않아!"

"루시안?! 완전히 사망 플래그가 되었는데요?!"

그 플래그는 아까 꺾였으니 괜찮아!

가벼운 마음으로 찾아온 비행선 배틀로얄 대회 중계 무대.

많은 손님들이 보러 왔지만, 일단 초대 손님인 우리에게는 자리가 마련되어 있었다.

"그럼 익숙해지기 위해서, 아코는 루시안 옆이네."

"익숙해지지 않더라도 루시안의 옆자리는 양보할 수 없어요!"

"말하면서 얼굴이 빨개졌어, 아코……"

눈앞에 있는 스크린에는 전용 배틀로얄 맵에 대량의 배가 모여 있는 모습이 비치고 있었다.

스크린 밑에는 중계, 해설이라고 적혀 있는 자리가 있었는데, 지금은 두 남성이 앉아서 마이크 체크를 하는 중이다.

호오, 정말로 시합을 하는 느낌으로 중계하는구나.

한동안 바라보자 이윽고 관전석의 불빛이 어두워지고, 중계석의 불빛이 확 켜졌다.

"레전더리 에이지, 제1회 공식 오프라인 미팅에 찾아와 주셔서 정말 감사합니다!"

오, 시작한다, 시작해.

"정말로 방송 중이라는 느낌이네요."

"이거, 인터넷에서도 동시 중계하고 있거든? 아코, 이상한 말은 하면 안 돼."

"아카네야말로 이 몸이 더 강하다고~! 하면서 스테이지 위로 올라가면 안 된다?"

"그거 내 흉내 낸 거야?!"

"거기, 전원 조용히 해."

소곤소곤 이야기를 나누는 사이 설명이 지나갔고, 스크린에 『제1회 비행선 배틀로얄 대회』라는 커다란 글이 비쳤다.

"네, 중계를 맡게 된 공식 유저 기자 히이라기 준입니다. 이번에는 해설로, 현재 게임 내에서 비행선 스코어 톱을 달리는 사이다 칼비스 씨를 모셨습니다."

"칼비스입니다~."

오오, 플레이어가 해설하는 건가.

"공식 유저는 뭐하는 사람인가요?"

"게임이 일인 사람, 이려나."

"부, 부러워요……! 저도 좋아하는 일을 하면서 살고 싶어요!"

"아코도 토크에 자신이 있다면 응모하는 게 어때?"

"전부 대본으로 적어 주더라도 무리예요!"

뭐, 아코는 기자를 할 타입이 아니니까.

"호오, 조금 늦게 채팅에서도 똑같이 중계석 쪽 말이 뜨는 모양이로군."

"게임 안에 있는 사람용인가? 편리하네."

전부 들으려고 하면 화면을 놓칠 테니까, 채팅 쪽을 볼까.

◆히이라기 준 : 그럼 이번 대회 말입니다만, 톱 랭커인 칼비스 씨는 어떻게 보십니까?

◆사이다 칼비스 : 그게~ 저는 대(對) NPC전과 대인전을 합쳐서 일단 톱에 올라가 있는 거니까요. 역시 대인전 전문,

공적 랭크 톱인 구스타프 아돌프호를 주목하고 싶네요. 함대전은 물론이거니와, 여러모로 유명한 발렌슈타인의 배니까 접선 후 근접 전투도 볼만할 겁니다.

◆히이라기 준 : 호오, 그렇군요. 역시 톱 랭커는 강하네요.

"바츠네 배, 그렇게 강했나?"

"딱히 평범한 배랑 다르지 않았는데."

"세테 씨, 초크리는 그렇게 간단히 안 나오거든?"

우리는 소곤소곤 대화를 나눴다.

◆사이다 칼비스 : 그 점에서 아쉬운 것은 치안 유지 포인트, 즉 PKK 랭킹 톱을 달리는 그 포포리호가 참가하지 않았다는 거네요.

"푸흡!"

저 해설자, 지금 뭐라고 했지?!

"부, 불렀나요?"

"기분 탓이겠지."

"설마 그럴 리가. 안 그래?"

◆사이다 칼비스 : 소형선이면서도 만나는 공적마다 닥치는 대로 가라앉혔다는 소문이 자자한 배니까요. 방금 말씀드린 구스타프 아돌프호, 이걸 가라앉힌 것도 유일하게 포포리호뿐이라고 합니다.

◆히이라기 준 : 호오, 굉장한 배네요.

"역시 우리 같아!"

"왠지 기쁘네. 굉장한 배라니!"

"너희들, 내가 안 보던 사이에 뭘 한 거니……?"

"평화를 지키면서 모험을 즐기고 있었을 뿐입니다만."

"저기, 우리 집 고양이가 괴물 고양이라는 듯이 말하고 있는데."

"아, 아하하…….."

◆사이다 칼비스 : 하지만 너무나도 상식에서 벗어난 움직임이라 운영진이 버그나 치트인 게 아닌지 조사하고 있다는 소문도 있습니다. 과연 어떨까요?

"치트?!"

"우리 치터 취급받고 있었어?!"

"실제로도 그 움직임은 좀 이상하지 않나 싶긴 하다만."

"그렇게 잽싸게 움직이는 거, 우리뿐이니까."

◆히이라기 준 : 그것에 관해서는…… 으음, 네. 운영 측에서 특정 플레이어를 언급하지는 않았습니다만, 현재 게임 내에서 사양 밖의 버그, 또는 개조 등의 치트 행위는 확인되지 않았다고 합니다.

◆사이다 칼비스 : 아, 그걸 들으니 안심이 되네요. 그렇기에 꼭 대회에서 그 용맹한 모습을 보여줬으면 했는데요.

세이프~! 딱히 나쁜 짓을 한 건 아니지만, 운영진의 보장을 받으니까 마음이 놓인다.

뭐, 설령 버그가 있다고 해도 이 자리에서는 말하지 않겠지만.

"우리도 나가는 게 좋았을까."

"하지만 딱히 흥미 없으니까."

나간다고 활약할 수 있다는 보장도 없고.

◆히이라기 준 : 그럼 배틀로얄 대회, 시작합니다!

두둥, 하는 드럼 소리가 울리며 모든 배가 움직였다.

시합 개시— 라고 해도 배틀로얄이다 보니 바로 돌격하는 배는 적었다.

모두 우승을 노리는 모양이라, 한동안 견제와 회피만 하는 소극적인 싸움이 이어졌다.

"시시한 느낌이네요."

"배틀로얄이니 누구에게든 기회는 있다. 자기가 최초 탈락자가 되지 않도록 움직이는 거겠지."

하지만, 하고 마스터가 이어 말했다.

"……정세가 변하는군."

"어라? 왠지 배가 모이고 있네요."

"듣고 보니 그러네."

시합이 시작된 이후 한동안은 근처 플레이어들의 견제 사격 응수가 대부분이었다.

그런데 지금은, 사거리 안에 있는데도 서로 공격을 하지 않는 그룹이 조금씩 생겨났다.

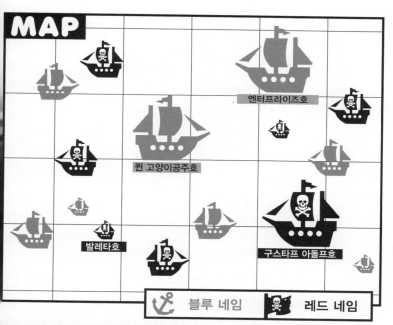

MAP

엔터프라이즈호

퀸 고양이공주호

발레타호

구스타프 아돌프호

⚓ 블루 네임　　🏴 레드 네임

KEYWORD 레드 네임, 블루 네임이란?

통칭 『레넴』, 『블넴』. 정식으로는 『레드 네임 쉽』, 『블루 네임 쉽』이며, 이름이 붉은색 글자/푸른색 글자로 표시된 배를 가리킨다. 레드 네임은 공적선이며, 블루 네임은 일반 플레이어의 배이다(이것은 어디까지나 배의 특성이며, 캐릭터에는 영향을 주지 않는다).

일반적인 비행선은 블루 네임이지만, 같은 블루 네임을 공격하는 공적 행위를 저지르면 배의 이름이 붉은색으로 변하며 레드 네임이 된다.

레드 네임은 일반 마을에 기항할 수 없고, 격침되었을 때 피해가 커지는 등 마이너스 요소가 있지만, 격침시킨 적선에서 교역품이나 배의 부품을 빼앗을 수 있다. 또한 플레이어를 공격함으로써 포인트가 가산되어 『공적 포인트』 랭킹에 오른다. 이와 반대로 블루 네임이 레드 레임을 격침시키면 상금을 받고 포인트가 가산되어 『치안 유지 포인트』 랭킹에 오른다(배의 색상은 블루 네임에서 변하지 않는다).

몬스터보다 압도적으로 위험하기 때문에, 레드 네임은 블루 네임에게 있어 혐오의 대상이다. 공적인 레드 네임끼리는 아군이 아니지만, 적의 적은 아군이다.

어떻게 된 거지? 티밍인가?

"아는 사이인가?"

"아~, 친구는 쏘기 힘드니까."

"그렇구나, 대회라고 해도 평소에는 친구인 경우가 있으니까."

누구보다 먼저 친구를 격추하는 건 나중에 조금 문제가 생길 수 있으니까.

"너를 죽이는 건 마지막으로 해두겠어…… 라는 건가~."

"그거 거짓말이잖아요!"

그렇게 모여든 결과, 점점 그룹이 커졌다.

친구의 친구는 친구. 그렇게 자연스레 진영이 커지고 있지만, 그럼에도 마지막에 반드시 남는 구분이 있다.

그것은, 이기는 쪽이냐 당하는 쪽이냐.

◆히이라기 준 : 어라? 칼비스 씨, 레드 네임과 블루 네임이 각자 집합하고 있는 것 같은데…… 이건 팀전이 아니었죠?

◆사이다 칼비스 : 공적 측과 그 이외의 그룹으로 나뉘고 있는 것 같네요.

그렇다. 평소에 플레이어를 덮치는 레드 네임 공적들과, 그 피해를 받아온 블루 네임 일반 플레이어들이 각자 모여서 대치하기 시작했다.

그야 그렇겠지. 다들 기왕 쓰러뜨릴 거면 저 녀석들부터! 라고 나설 테니까.

"오, PK와 PKK의 대리전쟁인 건가? 재미있잖아."

MAP

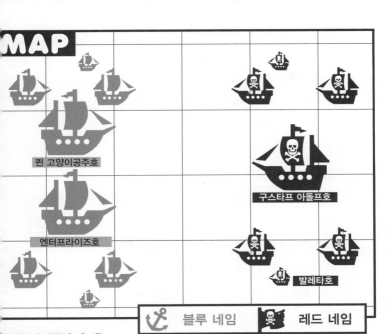

퀸 고양이공주호

구스타프 아돌프호

엔터프라이즈호

발레타호

| ⚓ | 블루 네임 | 🏴 | 레드 네임 |

STATUS

퀸 고양이공주호

Name	IGN Queen Nekohime
Job	Battle Ship-L

HP/4860   Crew/40

Atk/1400	Spd/290
Def/210	Mobi/190

구스타프 아돌프호

Name	WAL Gustav Adolf
Job	Battle Ship-L

HP/4400   Crew/10

Atk/1800	Spd/340
Def/180	Mobi/240

Stay Out!

엔터프라이즈호

Name	TMW Enterprise
Job	Battle Ship-L

HP/4400   Crew/60

Atk/1800	Spd/310
Def/180	Mobi/220

발레타호

Name	SAM Valletta
Job	Battle Ship-S

HP/1100   Crew/10

Atk/130	Spd/420
Def/40	Mobi/480

포포리호

Name	ACS Popolly
Job	Adventure Ship-S

HP/1200   Crew/10

Atk/450	Spd/420
Def/60	Mobi/480

"굉장하네, 대함대가 되었어~."

즉석에서 모인 거라 다소 조잡한 느낌이 들지만, 서로 대열을 짜서 격렬한 포화를 퍼붓기 시작했다.

우와, 평소에는 일대일로 잠깐 싸우는 정도니까, 이렇게 펑펑 퍼부어대는 건 처음 봤다. 이런 화려한 싸움도 가능하구나.

◆히이라기 준 : 이거 굉장해졌습니다! 레드 네임과 블루 네임으로 나뉘어서 어마어마한 포격전을 벌이고 있습니다! 앗, 여기서 청소조합, 온수 세정호가 굉침됩니다!

◆너구리 선장 : 구리이이이이이!

◆사이다 칼비스 : 레드 네임에서도 본 보야지호가 격침됐군요.

◆히이라기 준 : 조금 전까지와는 다른, 볼거리가 넘치는 싸움입니다!

우와~, 포격의 폭풍 속을 뚫고 돌격해서 접근하는 배에, 접근을 허용한 아군까지 함께 쏴서 격침시키는 배까지 나오는 등 터무니없는 일이 벌어지고 있다.

"이런 곳에 들어갔다가는, 우리는 단숨에 산산조각 나겠네."

"나가지 않아서 다행이네요."

◆히이라기 준 : 우왓, 몇 안 되는 소형선인 발레타호가 킹 오브 블레이드호를 격파!

◆사이다 칼비스 : 이거 대승리로군요. 하지만 유감스럽게

도 그 발레타호는 이제 버티지 못할 것 같습니다.

오, 발레타호라니 후타바와 미즈키의 배잖아! 굉장해, 소형선으로 한 척 격침시켰어!

"미즈키와 미캉의 배가 한 척 격침시켰어!"

"소형선으로? 제법이네."

"음음, 역시 우리의 후배로군."

"미캉은 제가 길렀어요!"

"하나도 안 길렀잖아!"

두 사람이 노력한 결과야!

앞으로 너무 나가서 격침됐지만, 칭찬하기 충분할 정도의 전과다. 선물을 사서 돌아가야겠네.

이후에도 포격전이 벌어지는 가운데, 배들이 점점 하나씩 격침되었다.

◆히이라기 준 : 고양이공주 친위대, 퀸 고양이공주호도 격파되었습니다. 앞으로 남은 건 한 척이로군요!

◆†클라우드† : 죄송합니다, 고양이공주 님!

"왠지 고양이 마크가 잔뜩 달린 배가 가라앉는데? 유이 언니."

"이미 해산했는데 왜 틈만 나면 모이는 건가냐……."

"진짜로 올 정도인가요."

왠지 바쁘다 싶었는데, 또 모두 모여서 배를 만들고 있었나. 저렇게 겉모습에까지 고집을 부리니까 시간이 걸리지.

◆히이라기 준 : 남은 건 엔터프라이즈호와 구프타프 아돌프호! 칼비스 씨가 주목하던 한 척이 남았군요.

◆사이다 칼비스 : 엔터프라이즈호도 대형 포격 전함으로, 배의 스펙에 커다란 차이는 없겠습니다만……

TMW와 발렌슈타인의 배가 남은 것 같다.

운 좋게……인 건 아니겠지. 멍~하니 보고 있던 우리는 알 수 없는 이런저런 작전이 있었을 거다.

"근데 공적 대형선이 또 한 척 있었는데, 바츠네 배가 오사라는 듯이 쐈었지?"

"쐈어, 쐈어!"

"그런 짓을 했었나요?!"

"저 녀석 진짜로 바츠(×)라니까!"#5

역시 그런 작전을 세우고 있었구나!

"배틀로얄인 이상, 그게 올바르기는 하다만……."

"지금까지 협력해 왔는데 배신당할 줄은 몰랐을 거다냐."

아무튼 남은 건 두 척.

이제 승부가 곧 날 것이다— 우리는 그렇게 생각했지만…….

◆히이라기 준 : 이거 뜨겁군요! 일진일퇴의 공방전이 이어지고 있습니다!

◆사이다 칼비스 : 서로 한 발짝도 물러서지 않는 훌륭한

#5 바츠 일본어로 가위표를 「바츠(バッ)」라고 한다. 본문에서는 캐릭터명을 포함해 중의적 표현으로 쓰였다.

싸움이군요.

전혀 안 끝나.

각자 튼튼하게 강화한 배라서 크리티컬 말고는 대미지가 통하지 않는 데다, 레벨도, 스킬도 높으니까 응급 수리 회복률이 높다.

이거 금방 끝나지는 않겠네.

"평범한 포격전은 이렇게 오래 끌어?"

"우리는 크리 한 방이나 두 방이었으니까."

"서로 선측을 마주하고 있으면 크리티컬은 그리 간단히 나오지 않는 법이다."

"수리에 소재를 얼마나 사용하고 있는지 무서워졌어요."

정말, 낭비라는 수준이 아니겠네.

우승이 눈앞이라고 생각하면 아낄 이유는 없겠지만.

오, TMW가 쏜 탄이 바츠네 배에 정통으로 맞았다!

◆히이라기 준 : 여기서 구스타프 아돌프호, 피탄! 크리티컬입니다!

◆사이다 칼비스 : 엔터프라이즈호, 이거 기회인데요! 여기서 밀어붙여야…….

◆히이라기 준 : 앗, 그러나 구스타프 아돌프호, 고속으로 이탈합니다! 응급 수리를 사용하면서 엔터프라이즈호와의 거리를 벌리는군요!

◆†검은 마술사† : 큭, 속도에서 차이가 있나…….

◆바츠 : 느려느려ㅋ

아무래도 쫓아갈 수 없는 모양인지, 멀어지는 바츠네 배가 점점 회복되었다.

◆사이다 칼비스 : 아아…… 역시 그렇군요. 다수의 승무원을 태운 엔터프라이즈호에 비해 구스타프 아돌프호의 승무원 정원은 고작 몇 명. 포격 능력은 동등해도 속도에 투자한 수치에 차이가 있네요…….

◆히이라기 준 : 밀어붙이지 못한 엔터프라이즈호! 공세를 허락하지 않는 구스타프 아돌프호! 어라? 여기서 이번에는 엔터프라이즈호가 크리티컬 피탄! 하지만 거리를 벌리려 해도 속도에서 뒤지고 있습니다!

◆†검은 마술사† : 이렇게 된 이상 접현이다! 전원, 강제 승선해서 끝장을 내자!

◆바츠 : 판단이 굼뜨다고!

커다란 선체 중앙에 포격이 꽂혔다.

엔터프라이즈호는 연기를 내뿜으며 천천히 운해 속으로 가라앉았다.

무대에서는 커다란 야유와 그걸 뛰어넘는 환성이 터져 나왔다.

◆히이라기 준 : 엔터프라이즈호, 격침!

◆사이다 칼비스 : 구스타프 아돌프호, 훌륭한 승리로군요.

"바츠 씨네가 이겨버렸네요."

"이번에는 검은 마술사 씨의 패배인가."

"순리대로 간 거 아니야? 공적 랭킹 1위잖아."

"우승한 배에게 이긴 적이 있다고 생각하니, 왠지 기쁘네."

뭐, 누가 이기든 모두 아는 사이니까 기쁘긴 하지만.

"그럼 우승한 발렌슈타인, 구스타프 아돌프호에게는 상품과 제1회 대회 우승을 알리는 황금 돛을 증정하겠습니다. 선장인 바츠 씨는 맵 입구에 있는 운영선까지 찾아와 주세요."

◆호무콘 : 우승이라고 해도 말이지~, 소형선보다 약하잖아?

◆바츠 : 앙? 거기 뭐라 지껄였냐.

음, 뭔가 채팅이 나오는데.

◆바츠 : 도중에 격추된 잔챙이 주제에 불만 있냐?

◆호무콘 : 아니, 불만은 없는데ㅋ 뭐, 그냥 여기서만 이겼을 뿐이네~ 라고 생각할 뿐ㅋ

◆히이라기 준 : 선장인 바츠 씨? 상품을 받으러 맵 입구 운영선까지 와주시겠습니까?

◆바삭바삭판다 : 소형선한테 두들겨 맞은 데다 배를 버리고 쫓아갔는데 전원 격추돼서 완전 파괴된 배를 울면서 고쳤다고 들었는데ㅋ

◆바츠 : 앙? 졌다고 트집 잡는 거냐? 그만둬, 추잡하게.

바츠가 엄청 도발당하고 있어!

"왜 저런 말을 듣는 거지?"

"아⋯⋯ 저 사람, 마지막에 바츠 씨네가 격침시켰던 공적

배 사람이에요."

"오폭인 척하고 해치워 버렸던 그 사람들인가!"

당연히 원망하겠네. 오히려 온건한 수준이야.

◆바츠 : 그보다, 그 버그 고양이네 배도 다음에 붙으면 반드시 이길 거라고.

◆†검은 마술사† : 과연 그럴까? 그런 정석 그대로의 싸움으로 포포리호를 격침시킬 수 있을 것 같지는 않은데.

도발하는 사람이 점점 늘어나고 있는데?!

바츠 일행은 대체 얼마나 어그로를 쌓아둔 거냐고!

◆바츠 : 아～ 귀찮구만, 포포리 포포리 떠들어대기는. 알았어, 그 녀석들 데려오라고.

◆†검은 마술사† : 호오, 마지막에 포포리호가 남았어도 지지 않았을 거란 건가.

◆바츠 : 당연하지ㅋ 소형이라고ㅋ

"왠지 이야기가 이상한 방향으로 흘러가고 있는데요."

조금 새파래진 아코가 내 옷소매를 쭉쭉 당겼다.

응, 엄청 불길한 예감이 들어!

◆히이라기 준 : 저기, 선장인 바츠 씨? 상품을 받으러…….

◆재블린 : 애초에 배틀로얄 형식이니까 공적이 많았지만, 평범하게 플레이어를 모으면 공적 따위는 흠씬 두들겨 팰 수 있었다고.

◆너구리 선장 : 정면에서 붙었다면 안 진다구리!

◆바츠 : 우와, 잔챙이들이 기고만장하고 있잖아ㅋ 좋다 이 거야, 해보자고ㅋ

구스타프 아돌프호는 허공에 대포를 펑 날렸다.

◆바츠 : 좋아, 그럼 다음 주다. 다음 주에 한 번 더 하자고! 이쪽은 공적이고, 그쪽은 IP로 와! 그리고, 애플리코트네를 반드시 데려오라고! 내가 뭉개버릴 테니까!

◆†검은 마술사† : 좋다! 다음 주 일요일은 공적 대 PKK 의 대함대전을 벌인다!

어째서 이렇게 되는 거냐고!

게다가, 왜 무대는 우오오오오오! 하고 흥겨워하고 있는데?!

"에에에에에엑?!"

"우리, 상관없지 않아……?"

"없을, 터다만…….."

전원이 여기에 있어서 한 글자도 관련이 없건만, 어째선지 함대전에 참가하게 되어 버렸다!

◆히이라기 준 : 네~, 상품은 나중에 메일 박스로 보내드 리도록 하겠습니다.

◆사이다 칼비스 : 다음 주에도 대회를 진행한다……는 건 가요?

◆히이라기 준 : 네. 유저 이벤트 개최는 기본적으로 플레 이어 여러분의 자유 의지에 맡기고 있는지라…….

◆사이다 칼비스 : 이거 운영진의 허가도 나왔군요. 다음

주에는 포포리호가 이끄는 PKK 함대 VS 구스타프 아돌프 호가 이끄는 공적 함대! 이야~, 기대되는데요! 레전더리 에이지가 한층 더 재미있어지겠어요!

왠지 멋지게 마무리한 것 같지만…….

"……어쩌지?"

"곤란하네요……."

우리는 함대를 이끌 생각 같은 건 전혀 없는데…….

††† ††† †††

여름방학이니만큼, 물론 대부분은 휴일이다.

그러나 학교에 가는 날이 전혀 없는 건 아니다.

하계 강습을 빼더라도, 딱 하루만 등교일이 지정되어 있다.

이런 날을 넣어서 여름방학 중에 너무 신나게 놀거나, 긴장을 풀어서 사고가 나지 않도록 마음을 다잡는 거다.

하지만 우리는 그런 것보다도 큰 문제가 있었다.

"함대를 이끌라고 해도, 말이지……."

"우리가 타고 있는 거, 소형선이라고?"

"무리네요~."

"하지만 옛날 함대도 딱히 커다란 배가 기함이었던 건 아닌 모양인데."

"나나코는 어디서 그런 걸 들었어?"

등교일의 조회는 가볍게 끝났다.

이후, 원래는 문화제에 대해 의논해야 하는 부활동 타임.

우리는 이번 주말에 열리게 된 공적 대 PKK 대함대전에 대해 의논하고 있었다.

전혀 상정하지 않았던 일이라서 의견이 모이지 않는단 말이지.

"애초에 우리 배, 일대일이라면 그럭저럭 싸울 수 있어도 팀전은 절대 무리 아냐?"

"대포 범위에 들어가지 않고 포를 쏠 수 있어서 그나마 싸울 수 있던 거니까. 두 척 이상의 상대라면 대체 어떻게 싸워야 할지 모르겠네."

애초에 강하게 만들려고 디자인한 게 아니다. 스피드로 얼버무리고 있을 뿐이니까.

"기왕 싸우게 된 거, 이걸 문화제 기획으로 쓰는 게 어떨까?"

"그만둬. 바로 신상 털린단 말이야."

"애초에 참가하고 싶지 않거든요?! 저희 배가 부서진다고요!"

그야 한 방이면 꿍침이지.

"으음, 다들 이렇게나 의욕이 없을 줄은……."

마스터는 왠지 유감스럽게 말했다.

어라? 혹시 하고 싶었나?

"마스터는 함대전 하고 싶어?"

"물론, 내 배가 활약하는 모습을 보고 싶지."

"그야 활약하면 좋겠지만······."

"모두의 기대도 크다. 아무튼 앨리 캣츠는 함대전을 위한 길마 회의에 초대받았으니까. 이런 공적인 자리에 초대받은 건 처음 있는 일이야."

"그런 게 무섭다고요오."

아코는 떨떠름한 표정으로 모니터를 매만졌다.

"방송에서도 몇 번이나 불렸으니까, 배를 보러 온 사람도 잔뜩 있을 텐데····· 그랬는데 맨 처음에 당해버리면, 분명 화낼 거예요."

"그러게."

생방송에서 호명까지 했다. 실제 함대전에서 아무런 도움도 되지 못한다면 이곳저곳에서 흠씬 두들겨대겠지.

"나도 화려한 무대는 대환영, 이지만······."

평소에는 자신감이 지나친 타입인 세가와도, 자기 캐릭터가 아닌 게 싸우는 곳인지라 조금 소극적이다.

"우리, 이런 중요한 포지션에 서 본 적이 없잖아."

"그렇단 말이지."

"압박감을 받는 게 무섭단 말이야······."

우리는 게임에 그렇게까지 몰입하지 않는 소인원 길드다.

여러 사람과 얽히거나, 리더 같은 일을 하는 건 많아봤자 공성전에서의 수십 명이 한계다.

많은 인원의 대표라니 전혀 우리답지 않다.

"다음 함대전은 얼마나 참가하는데?"

"저번 공식 대회 이후 자기들도 참가하고 싶다는 플레이어가 늘어났으니까. 공적 함대까지 합치면 백 척 이상은 확실할 거다."

"배 하나당 열 명 이상 타고 있다면……."

"천 명 정도 오는 건가?"

서버 전체의 몇 할이 오는 거야?! 혼잡한 시간의 수도조차 그렇게 많지 않다고!

"거기의 리더 같은 포지션에, 우리가 선다, 그건가."

"……."

"…………."

조용히 서로를 마주 보던 우리는 결론을 내렸다.

"무리잖아."

"그렇죠!"

"그러게!"

"그, 그런가? 가능하지 않을까?"

저 아키야마조차도 미묘한 리액션이잖아. 이건 절대 무리야.

"윽, 이건 앨리 캣츠가 한층 날갯짓하기 위한 좋은 기회라고 생각한다만."

"어디로 날갯짓하고 싶은 건데."

"지금 이대로도 충분해요오."

"그럼, 그럼~."

우리는 지금처럼 느긋하게 지내면 충분하다.

서버 구석에서 조용히 살아가는 소인원 길드로서, 앞으로도 느긋하게 살아가고 싶습니다.

내가 그런 생각을 하던 그때—.

똑똑, 노크 소리가 들렸다.

"어라, 손님인가요?"

"들어 오세요~."

아키야마가 그렇게 말하자 문이 천천히 열렸다.

"실례합니다."

들어온 사람은 학생회장 타카이시였다.

어쩐 일이지? 일부러 부실까지 오다니.

"타카이시 군…… 아니, 회장. 우리 부에 무슨 용건인가?"

"네. 여러분께 드릴 말씀이 있어서 왔어요."

그녀는 무척 진지한 표정으로 말했다.

아, 왠지 불길한 예감이 드는데!

"여러분이 말씀하셨던, 현대통신전자 유희부 2, 라는 이야기에 대해 조사해 봤어요."

타카이시는 의자에 앉은 우리를 돌아봤다.

"단순하면서도 복잡한 사정이었지만…… 올해 들어서 전원이 퇴부, 그리고 새로 설립한 게 이 부…… 즉, 현대통신전자 유희부 2, 라는 게 맞겠죠?"

"그, 그렇다만."

새삼 들어보니 우리 진짜 엉망진창이었네.

대답하는 마스터의 목소리도 약간 떨렸다.

"처음에는 무슨 목적인지 알 수 없었지만…… 부원을 확인해 보니, 1학년이 늘지 않았다는 걸 깨달았어요."

다시 말해, 라고 잠시 뜸을 들인 회장은 이렇게 말했다.

"이 부에는, 1학년 신입 부원이 들어오지 않았죠?"

"……."

"혹시나 해서 여쭙는 건데…… 부원을 늘리고 싶지 않아서 새로운 부를 창설했다, 그런 건가요……?"

굉장해. 이 아이, 독자적으로 완벽한 정답에 도달했잖아.

"왜 이런 유능한 사람이 학생회장이 된 거야."

"유능해서, 그런 게 아닐까?"

선거에서 패했던 아키야마가 쓴웃음을 지었다.

그런 우리의 분위기로 정답인 걸 깨달았는지, 현 학생회장은 조금 슬픈 표정으로 전 회장을 바라봤다.

"저기 말이죠. 고쇼인 선배, 그리고 여러분."

"으, 음."

"이런 꼼수는, 좋지 않다고 생각해요!"

펴, 평범하게 야단맞았다!

"……지당한 말씀입니다."

"죄송합니다."

"나도 안 되지 않을까~ 생각했었어…… 생각했었지만……."

"나도 언젠가 혼나지 않을까~ 싶더라니까."

"룰에 적혀 있지 않으니까 괜찮겠지, 라고 생각했었으니까, 응……."

설마 하던 후배의 질책에 전원이 풀이 죽어서 고개를 숙였다.

정말 미안하다고 생각하긴 하지만, 어쩌다 보니 그대로 와 버렸단 말이지.

"학생회가 창설 허가 도장을 찍기는 했지만, 그건 아직 취소할 수 있으니까요. 제대로 원래 부로 돌아가서 새로운 부원을 들여 주세요. 여름방학 안에 끝내시면 문제없으니까요."

"네…… 그러겠습니다……."

"이렇게 미안해하는 마스터, 처음 봤어……."

화내는 쪽도 배려심이 있으니까 더더욱 미안한 기분이 든단 말이지.

"좋은 아이디어라고 생각했는데요."

"좋은 아이디어였지만 나쁜 일이었으니까."

완전히 풀이 죽은 우리에게 타카이시가 도움을 주려는 듯이 말했다.

"근데 저기, 저희 반 아이 몇 명이 이 부에 온다고 들었는데요."

"아…… 미즈키하고 후타바인가?"

"네. 니시무라는 조리부지만, 후타바는 어느 부에도 들어가지 않았어요. 그렇다면, 여러분은 부원이 모이지 않아서 곤란하던 건 아닌 거죠?"

"……."

"제도의 문제를 지적하기 위해, 이런 억지스러운 이야기를 진행하신 거죠? 저희 신생 학생회는 그 의지를 이어받아서 한시라도 빨리 교칙 개정을 하겠어요."

"……미안하다, 미안하다……!"

"마스터가 죄책감에 짓눌리고 있으니까 그 정도로만 해둬!"

"죄송합니다!"

그런 건 조금도 생각하지 않았습니다!

"이, 일단은, 그래. 상황은 똑똑히 알았으니까!"

"그래. 1로 돌아가서, 제대로 부원도 들이자……."

"잘 부탁합니다."

타카이시는 고개를 꾸벅 숙이고는 부실에서 나갔다.

뭐지, 이 기분. 한심하기도 하고 부끄럽기도 하고.

"룰 위반은 하는 게 아니네……."

"일어날 만해서 일어난 일이니까."

"우우, 새로운 회장님은 동료라고 생각했는데요."

"동료니까 나쁜 일은 나쁘다고 말하는, 그런 아이 아닐까?"

아키야마는 유감스러워하는 아코의 어깨를 토닥토닥 두드리고는 착한 아이라니까, 하고 웃었다.

정말이라니까. 그래서 더더욱 미안하다.

"그럼, 부원을 들여야 하게 되었다만……."

"역시 멜로디아한테 말을 걸어봐야 하나."

"부녀자 동료를 늘리려고 하지 마."

그리고 역시 걔는 다른 부에 들어갔을걸.

"그럼 어쩔 거야. 달리 들어올 만한 사람은……."

"뭐, 후보는 한 명이지."

모두에게는 말하지 않았지만, 요전에 본인도 들어오고 싶다고 했으니까.

휴대전화를 꺼내서 짧은 메시지를 보냈다.

【니시무라】후타바, 아직 학교에 있어?

"그런고로, 미캉이 꼭 입부해줬으면 한다!"

"오세요, 온라인 게임부 부실!"

"처음부터 빚을 질 것 같은 권유는 그만둬."

"자주 오니까 들어와!"

"……?"

빌릴 책을 찾기 위해 남아 있었다는 후타바는 갑작스러운 권유 앞에서 눈을 깜빡였다.

그야 사정을 들어도 영문을 모르겠지. 부활동에 2라니 대체 뭐냐 싶고.

"아무튼 부원을 찾고 있거든. 괜찮으면 후타바가 들어와줬으면 좋겠는데."

"어떤가요, 미캉."

나와 아코는 후타바가 들어올 생각이 있다는 걸 아니까.

아직 승부에서 이긴 건 아니지만, 좋은 기회다.

"……."

기대하는 나와 아코의 시선을 받은 후타바는 천천히 고개를 내저었다.

"싫어요."

"어째서!"

"어째서 그러는 건가요!"

들어오고 싶다고! 했었잖아!

"으음, 싫다면 억지로 강요할 생각은 없다만……."

"그래도 자주 오고 있지 않아? 입부하기 싫은 점이라도 있어?"

아키야마가 다정하게 묻자, 후타바는 진지한 표정으로 답했다.

"싫은 점은 아무것도, 없어요."

그리고는 우리에게서 살짝 눈을 돌렸다.

"선배들도, 모두 좋아……해요."

"어머귀엽."

"싫다귀엽."

"너참귀엽."

연속으로 말하지 마. 누가 말했는지 알 수가 없게 되잖아.

참고로 세가와, 아키야마, 마스터 순이었다.

"그럼 왜 싫다는 건가요?"

"아직 부장하고 선배한테, 못 이겨서."

"그렇게나 얽매이고 있었어?!"

아직도 말하고 있잖아!

"못 이기면 못 들어간다고 했던 그건가……."

"전에도 그러던 것 같은데, 왜 못 이기면 안 되는데?"

"발목, 잡아끌기만 해서는, 동료가 아니니까."

"그, 그렇구나~."

이쪽도 진지한 거냐! 오히려 고집인가!

처음에 정한 이상 양보할 생각은 없는 것 같다.

"정말~, 조금은 아코를 본받으라고."

"저는 발목을 잡아끈다는 뜻인가요?!"

"독해력이 올라갔네! 하계 강습의 성과가 나오고 있잖아!"

"칭찬하는 부분이 잘못됐어요오오오오."

아코가 울컥하며 말했다.

아니아니, 밤중에 곯아떨어지지만 않는다면 제대로 움직여 주고 있다고는 생각하거든?

"으으음. 그럼 미캉이 이길 수 있는 승부를 한다면, 입부해 주는 건가."

"나와 마스터가 못하는 거…… 뭐지?"

"패션 체크 같은 게 좋지 않아? 그거라면 센스에서 승산이 있잖아."

그렇구나. 나와 마스터는 실용성 제일주의니까.

꾸미는 걸로 승부하면 바로 패배할 것 같다.

"그럼 루시안의 옷은 제가 볼게요!"

"그럼 쿄우 선배의 옷은 내가 같이 고를게!"

"너희는 왜 이기려고 하는 거야!"

세가와가 책상을 탕탕 내려쳤지만, 후타바는 오히려 기쁜 듯이 눈을 반짝였다.

"싸운다면 전력으로. 대환영."

"아아, 진짜! 이 녀석들 전부 귀찮아!"

"귀찮다고 말하면서 너도 웃고 있잖아."

하지만 그렇다면, 어떻게 싸워야 전력을 다하는 게 될까.

아, 맞다.

"후타바. 지금 나와 마스터를 한꺼번에 쓰러뜨리기 위해 공전(空戰) 연습하는 거지?"

"네."

후타바는 고개를 끄덕였다.

"미즈키하고, 배 만들었어요."

"길드를 나와서 어디로 갔나 했더니만, 둘이서 길드를 만들었었나."

"대회도 나왔으니까."

바츠를 사부로 삼아서 소형선으로 중형선을 격추한 유망

한 공적이라고.

일반 플레이어에게는 무척 민폐겠지만.

"흐음, 과연. 배로 싸워서 우리가 진다면, 틀림없이 두 사람의 패배겠지."

"마스터가 선장이고 내가 조타수. 후타바는 그걸 겸임하고 있으니까."

"그럼 공전으로 싸우면 되는 거네."

이걸로 문제없다는 듯이 끄덕이는 세가와에게, 후타바가 분한 듯이 눈을 내리깔았다.

"하지만, 아직 못 이겨요."

"연습은 하고 있잖아?"

"대형선에는 손도 발도 못 내밀어요. 아직 무리."

"그런 말을 하면서 이길 때까지 도전하지 않을 생각이야? 미루고 또 미루다가 하는 게 아니라, 바로 지금이라고 할 수 있을 때, 도망칠 수 없는 승부에서 이겨야지!"

세가와가 부추기듯이 말했다.

"······일리, 있네요."

"일리 있는 거구나······."

이 두 사람, 드센 부분은 똑같으니까.

"배까지 만들었다면, 이 승부에 걸어본 거잖아? 그럼 결판을 내보자고! 우리에게 격추당하면, 깔끔하게 패배를 인정하고 입부해!"

"이렇게 측량수가 말하고 있습니다."

"전투반 리더인 슈바인 님이야!"

"……."

후타바는 으~음 하고 복잡한 표정으로 고민하고는 약간 불만스럽게 말했다.

"랭커가, 어른스럽지 못하네요."

"뭐, 그렇지! 이길 수 있는 승부니까!"

"소형선끼리의 싸움에서는 딱히 질 것 같지 않긴 해."

이길 방법이 무한히 떠오르니까.

"극단적으로 말하면, 세가와가 혼자 올라타서 드래소 한 방만 날려도 두 사람은 죽잖아."

"너무 비참해지는 승리 방식이네."

아니면 마스터가 내려서 과금 포션 연타해도 되지만.

아무튼 진다는 미래는 없다.

"흠…… 공평하고, 전력을 낼 수 있는 승부라……."

눈을 반짝 빛낸 마스터가 일어났다.

"좋다!"

아, 이 느낌은 위험한데.

마스터가 뭔가 묘한 생각이 떠오른 표정을 짓고 있어!

"미캉은 현재, 공적으로 활동하고 있다고 했나?"

"응? 네."

"그렇다면!"

마스터는 화이트보드를 탕! 치면서 말했다.

"공적인 미캉과, PKK인 우리. 싸움의 결판은, 함대전으로 내는 게 어떠냐!"

"뭐, 라고요⋯⋯?!"

분위기 잘 타네, 후타바!

"확실히 일대일이라면 우리가 이길지도 모른다. 하지만 함대전이라면 소형선에 지나지 않는 우리로는 어렵지 않을까, 그런 의견을 아까 전까지 나누고 있었다."

"⋯⋯저랑 미즈키는, 요전에도 한 척 쓰러뜨렸어요."

승산이 있다는 걸 깨달았는지 후타바도 눈을 반짝 빛냈다.

"대함대에서의 싸움은 너희가 더 경험이 많다. 기본적인 저력은 우리가 뛰어나더라도 충분히 역전 가능성이 있겠지!"

"으음, 그렇다면⋯⋯."

"다음 대함대전에서, 먼저 격침당한 쪽이 패배, 라는 거야?"

"그래! 봄부터 이어져 오던 기나긴 싸움에 결판을 내보지 않겠는가!"

"좋아요. 바라던 바."

후타바가 타오르는 눈동자로 말했다.

진짜로 할 거야?! 함대전에서 결판을 내자고?

"쓰러뜨려서, 가슴을 펴고 당당하게 들어가겠어요."

"선배로서 격의 차이를 보여주겠어."

"알겠어요. 멋있는 모습을 보여줘서, 선배라고 불러 달라고 할게요!"

부추긴 세가와도 도망칠 생각은 없는 모양이고, 아코도 체념했나.

그럼 이쪽도 마음을 다잡을 수밖에 없겠네.

"어쩔 수 없지. 해보자고!"

"좋아! 그럼 결판은 일요일이다! 알겠나, 후타바!"

"기대하고, 있을게요."

"훗훗훗, 우리가 이겨서 입부하게 해주겠다!"

"이겨서, 입부할래요."

대항심을 불태우는 마스터와 후타바.

그런 두 사람을 보고, 아키야마가 나지막하게 말했다.

"이기면 입부하고, 져도 입부한다면, 어떻게 되든 들어오는 거 아냐……?"

그런 의견은 가볍게 무시되었다.

†††   †††   †††

"그런고로!"

우리 집 거실에서 미즈키가 기운차게 한 손을 들었다.

"대(對) 포포리호 회의를 시작하겠습니다~!"

"짝짝."

공적 두 사람은 흥겨워 보였다.

그리고 그 자리에 끌려온 일반인이 두 명.

"어째서 우리까지 오게 된 걸까요."

"어째서일까."

나와 아코였다.

설마 적진의 회의에 소집되다니.

"그치만 정보가 없으면 못 이길 것 같은걸."

"어떤 배로 할지, 선배도 같이 생각해줘요."

"재료 모으기도 둘이서는 무리야."

"맞아요. 아직 저레벨."

"하고 싶은 말은 알겠지만……"

과연 우리는 적일까, 아군일까.

"동료를 배신하는 짓은 별로 하고 싶지 않은데요……"

"타마키 선배. 도와줘요."

"그렇게 말한다면야 어쩔 수 없네요!"

"바로 오케이냐!"

쉽게 넘어가는 것에는 정평이 난 아코였다.

"어쩔 수 없네. 도와줄 수 있을 만큼은 도와줄게."

이쪽도 함대전 연습을 해야 하는데 말이지. 나 참.

"그럼 대책회의. 어쩌지?"

"어어, 우리 배의 스펙은 전에 말해줬지?"

"들었지만…… 으~음."

"대책을 모르겠어요."

"대책이 생겨버리면 질 테니까."

아직 격추되지 않은 건, 물리적으로 어쩔 도리가 없기 때문이란 말이지.

"모험용 소형선에 상급 코어를 탑재해서 속도 특화로 만든다는 발상이 운영진의 예상 밖이었겠지. 평범한 배로는 상대하기 힘들어."

선회 속도보다 항행 속도가 더 빠르고, 이쪽은 방향 전환을 해도 전혀 속도가 떨어지지 않는다. 이래서는 시스템적으로 너무 유리하다.

게다가 이벤트 한정 배포였던 상급 코어는 서버에 거의 남지 않았다.

대형선을 버리면서까지 소형선에 도박을 거는 사람은 어디에도 없어서, 이미 전부 써버렸단 말이지.

"하지만 이쪽에는 일단 상급 코어가 있단 말이야. 어떻게 안 될까?"

"왜 있는데?!"

지금 없다고 생각하고 있었는데!

"받았어요."

"받았다니, 그건 거래 불가에다 퀘스트 보수니까 길드 창고에 들어가는데?"

"길드째로 받았어요."

"그런 영문 모를 짓을 한 사람이 누구야!"

"사부."

"바츠냐아아아아아!"

그 페인, 대체 무슨 짓이야!

그 녀석, 친한 사람한테는 너무 무르잖아!

"저희, 괜찮은 걸까요?"

"불안해지네……."

그렇다면 후타바 일행에게도 충분한 승산이 있다.

"우리의 약점이 뭘까?"

"어어……."

으음~ 하고 고개를 갸웃한 아코가 휴대전화를 꺼냈다.

"물어볼까요?"

그러더니 타탁타탁 메시지를 입력했다.

【아코】지금 저희를 쓰러뜨리는 법에 대해 의논하고 있는데
요, 약점은 뭘까요?

엄청 솔직하게 물어봤잖아!

"너 스파이 활동을 너무 대놓고 하잖아!"

"아코 언니, 절대 스파이에는 어울리지 않아……."

"그, 그치만 물어볼 수밖에 없잖아요!"

그런 걸 물어봤으니, 당연히 대답은 이랬다.

【아카네】너 뭐 하는 거야ㅋㅋㅋ

【나나코】배신?! 스파이?!

이렇게 된다니까!

【아카네】딱히 상관없지만ㅋ

"딱히 상관없다는데."

"괜찮아?!"

"역시 돼지 선배."

"후타바. 그거 절대 본인 앞에서는 말하지 마라."

"음? 네."

후타바는 「왜 안 되지?」라는 표정으로 수긍했다.

슈바인이 무슨 뜻인지 직접 조사한 거겠지.

본인의 명예를 위해 말하지는 않겠지만, 그 녀석은 그게 돼지라는 뜻인 줄 몰랐으니까.

【아카네】그거잖아. 피탄 당하면 약하다는 거.

"흠흠."

후바타는 『피탄 당하면 약하다』라고 휴대전화에 적었다.

하긴, 아무리 잘났다 해도 소형선이다. 제대로 얻어맞으면 바로 가라앉는다.

"마스터가 비싼 장갑을 덕지덕지 발랐으니까 생각보다는 버티겠지만...... 그래도 뭐, 대형선 포격을 정통으로 맞는다면 크리가 없어도 일제 사격 세 번이면 격추될 거야."

"우리보다 훨씬 단단한데요."

"들인 돈이 다르니까."

마스터가 최근 쓰지 않았던 게임 머니를 무식하게 쏟아부었으니까.

【애플리코트】적극적인 첩보 활동이라니, 재미있구나. 내가 말해보자면, 우리 배의 결점은 너무 빠르다는 거다.

"속도 과잉……"

후타바가 다시 입력했다.

【나나코】그러게. 속도가 너무 빨라서 함대 행동 같은 건 무리 같아.

확실히 속도를 맞추기는 어려울 거다.

평범한 배는 최대 선속이 그렇게까지 다르지 않으니까 이상한 짓을 하지 않는다면 사이좋게 움직일 수 있지만.

【아카네】속도가 너무 빨라서 동떨어진단 말이야.

【애플리코트】거기에 집중포화를 퍼부으면 잠시도 버티지 못하겠지.

【유이】강제 승선에도 약하다냐.

확실히 타고 있는 인원은 고양이공주 씨가 오더라도 총 여섯 명이다.

평범한 길드가 상대라면 접현을 허용한 시점에서 패배가 확실해진다.

【아카네】내 드래곤 소울로 제1진 정도라면 막을 수 있겠지만.

【애플리코트】두 번, 세 번 강습한다면 저항할 수 없겠지.

【나나코】폭풍 같은 것에도 약하지?

【아카네】번개 대미지로도 위험했으니까~.

"접근 전투와 기후 변화."

"이렇게 들어보니 약점이 많네요, 저희들."

"꽤 약하네, 포포리호."

타격에 약하고, 몰매를 맞으면 지고, 승선을 허용하면 지고, 폭풍이 발생하면 가라앉을 수도 있다. 그러면서도 함대 행동은 어렵다.

"이거, 집단전 엄청 약한데······."

"그래도 일대일로는 무적."

"오빠네 배, 돌출된 부분이 많네."

그때, 회의 채팅 쪽에서 선생님이 의문부호가 달린 이모티콘을 보냈다.

【유이】······근데 이거, 무슨 이야기인가냐?

【애플리코트】미캉의 입부를 건 함대전 이야기입니다.

【유이】선생님은 아무것도 못들었다냐?! 무슨 일이 있었던 건가냐아아아아아?!

응, 설명은 저쪽에 맡기자.

"대항하려면, 어떤 배······?"

"으음, 후타바의 취향으로는 어쩌고 싶은데?"

"선배한테 지지 않을 배로 만들고 싶어요."

"너 정말 드세구나!"

겉으로 봤을 땐 얌전해 보이는데, 알맹이는 완전히 다르다니까!

"몰랐으면 깜짝 놀랐을 거야."

"그러니까 게임이 좋아요."

"그렇다니까."

미즈키가 뾰로통하게 뺨을 부풀린 후타바를 찌르면서 말했다.

"미캉, 게임에서는 완전 무투파라서 아무도 그것에 위화감을 갖지 않는걸."

"선입관이 없어요. 즐거워요."

"그렇구나."

어른스러워 보인다. 성적이 좋아 보인다. 책을 좋아할 것 같다. 그런 외모에 의존하는 이미지는 게임 속에서는 전혀 상관없어지니까.

"선배네 부 사람들은, 다들 신경 쓰지 않지만요."

"뭐, 그 녀석들도 외모에 맞지 않으니까."

"그러게요~."

그런 외모인데도 이 몸 캐릭터인 세가와를 필두로, 성실한 전 회장으로 보이지만 얼빵한 폐과금 유저인 마스터에, 반쯤 히키코모리에 수수한 아이인 아코는 완전 신부 캐릭터고, 반에서는 무적 캐릭터인 아키야마는 우리 부에서 초보자 취급을 받으며 기뻐하고 있고…….

"외모 그대로인 건 나밖에 없네!"

"에이~."

"에이~ 라니 뭔데, 에이~ 라니."

나는 외모 그대로인 평범한 오타쿠잖아.

"선배는 외모에 비해—."

"외모에 비해?"

"……약간 좋은 남자?"

"엄청 기쁘니까 그만둬."

의문부호가 붙는데도 반할 것 같으니까.

"제 루시안한테 손대지 말아 주세요!"

"필요 없어요."

"필요 없다고 하지 말아 주세요오오오오오!"

"넌 대체 어쩌고 싶은 건데!"

"두 사람 다 진정해! 외모에 비해서라고 말했을 뿐이지, 애초에 칭찬했다고는 할 수 없잖아!"

그러게! 고맙다, 동생아!

근데 말이지, 외모 그대로일 경우에는 대체 얼마나 나쁜 남자라는 거야!

"어서 이야기를 되돌리자. 목표는 이길 수 있는 배, 맞지?"

"이길 수 있는 건 무슨 배일까요?"

"스피드에서는 지고 싶지 않아요."

"그럼 선체는 소형 모험선. 승무원은 최저, 화물 용량 제로, 정도인가."

그러면 비슷한 성능이 될 거다.

"완전히 같은 설계를 하고, 같은 대포를 설치하면 어때?"

"우리가 그걸로 이길 수 있는 건, 아키야마가 감만으로 크리를 마구 터뜨려서 그래."

선수 초대형 캐러네이드포 같은 단발 대포는 공격 범위 한가운데에 맞지 않으면 크리티컬이 나오지 않는다.

그런데도 초 크리티컬까지 터뜨리니까, 대체 뭘 보면서 하는 건지 전혀 모르겠다.

"……대포, 많이 탑재할까."

"그게 좋을 거예요…… 세테 씨를 흉내 내봤자 좋은 일은 없으니까……."

진심이 담긴 발언 그만둬.

"그럼 대포는 양현 6문씩 12문, 가속과 최고 속도에 투자하고, 남은 포인트는 선회에……."

"대포를 탑재하면, 기동성에서 밀려요."

그렇게 말해도, 그런 콘셉트니까 어쩔 수 없다.

"선회성능은 그렇게까지 차이 나지 않고, 포격전을 벌이면 이길 수 있을지도 몰라."

"필요한 건 우수한 대포?"

"그렇겠지."

배의 파츠에서 가장 비싸기도 하고, 화력의 대부분은 대포의 종류로 정해진다고 봐도 좋다.

"취향도 있을 거고, 전술을 고려해서 마음에 드는 걸 고르면 돼."

"그럼······."

후타바는 대포 종류를 찾아서 그중 하나를 휴대전화 화면에 띄워 내게 보여줬다.

"이 대포는, 어때요?"

"호오, 그렇게 나오는 건가."

"재미있다······라고 하기보다는, 적으로 돌리면 상대하기 어렵겠네요······."

많이 본 적은 없지만, 우리가 어려워할 만한 대포다.

"그럼, 이걸로 할래요."

후타바는 고개를 끄덕이며 미즈키와 눈을 마주했다.

"미즈키, 어때?"

"응. 생각한 대로 준비할 수 있다면, 분명 이길 수 있어!"

서로 두 손을 마주치는 아름다운 후배 두 사람이었다.

"근데 이걸 사려면 돈이 필요한데······ 얼마나 갖고 있어?"

"수리 비용으로 잔뜩 썼으니까······ 20k 정도······?"

"애들 용돈이냐!"

다음에 당해버리면 수리비도 안 나오잖아!

"우리, 진 뒤에 수리하기 위해 돈을 벌러 간다고 했었잖아."

"위태위태하게 벌고 있네."

그래서는 좋은 파츠도 못 살 텐데.

"포포리호는 마스터가 돈을 엄청 쏟아부었으니까요."

"성능 때문에 지는 건 분해요."

"좋은 파츠를 사고 싶어!"

그렇다면 돈을 벌 수밖에 없지.

"전력은 이 네 명인가. 탱커, 힐러, 근딜, 원딜로 밸런스는 잡혀 있지만……."

"어디로 가서 몬스터 잡을 거야?"

"그것보다 좋은 수단이 있죠?"

"그렇지. 지금이라면 이쪽이야."

수도의 선착장.

여기에 정박한 대량의, 그야말로 수없이 들어찬 배들 중에서 조금 구석에 정박한 배 한 척.

◆루시안 : 이게 라키온호야!

◆아코 : 저와 루시안의 배예요!

핑크색 돛을 단, 방패 엠블럼이 있는 중형선. 이게 나와 아코, 둘만의 배다.

앨리 캣츠가 아니라 나와 아코 둘이서 만들었다. 굉장하지?

◆미캉 : 크다.

◆슈슈 : 오빠, 이거 중형이야?

◆루시안 : 응. 중형 상용선이야.

포포리호 건조에 필요한 돈은 확실히 낸 뒤에 남은 자금으로 필사적으로 만든, 여러모로 아슬아슬했던 배. 그것이 라키온호다.

◆슈슈 : 왜 일부러 이런 걸 만들었어⋯⋯?

◆아코 : 그야 포포리호는, 모험밖에 못하잖아요.

◆루시안 : 그것만으로는 모처럼 나온 비행선을 전부 즐길 수 없으니까.

포포리호는 일단 전투는 가능하지만, 교역은 전혀 할 수 없다.

왜냐하면 화물 용량이 제로니까!

◆루시안 : 그래서 이 배는 승선 인원은 최저! 화물 용량을 최대로 하고 대포는 위안 수준으로 좌우에 1문씩 단, 교역 전용선이야!

◆슈슈 : 역시 돌출됐어!

다른 쪽 배가 돌출된 성능이니까, 이쪽도 돌출되게 해야지!

◆루시안 : 교역과 전투를 겸용하는 건, 왠지 어중간하니까.

◆아코 : 교역도 해보고 싶었거든요~.

그리고 최대의 문제는—.

◆루시안 : 나와 아코의 자금력으로는, 중형 코어를 사고 선체를 만든 뒤에 대포까지 살 돈이 없었어.

◆아코 : 적재량은 돈을 내지 않아도 늘릴 수 있으니까요.

◆슈슈 : 각박하네⋯⋯.

◆미캉 : 빈곤은 적.

처음에는 대포 숫자를 제로로 하려는 생각조차 했다니까.

지금도 파츠는 싸구려뿐이고, 장갑도 거의 안 달렸다.

◆루시안 : 그래도 역시 교역은 많이 벌 수 있으니까, 벌써 절반 정도는 회수했어.

포포리호에 타지 않는 한가한 시간에 교역만 했는데도 그 정도로 벌었으니까, 열심히 하면 소형선 한 척 정도 마련할 돈은 벌 수 있을 거다.

지금 돈을 벌려면 이게 제일이다.

◆루시안 : 교역하는 방법은 알고 있지?

◆미캉 : 마을, 상륙지점에서 교역품을 사서, 비싸게 팔 수 있는 곳으로 가서 판다.

◆루시안 : 그래그래, 간단하지.

남쪽의 모코모코에서는 남국 과일이나 진주 액세서리를 살 수 있고, 북쪽의 스노우 래츠에서는 만년빙으로 만든 얼음상이나 설광화(雪光花) 꽃다발 같은 걸 싸게 살 수 있다.

그 토지의 특산품을 사서 다른 마을로 가져가면 그걸 비싸게 팔아서 차액을 벌 수 있는 거다.

◆루시안 : 그럼 아코가 선장을 할 테니까, 뭘 옮길지는 둘이서 골라도 좋아.

◆아코 : 뭐든 실을 수 있어요!

선장모를 쓴 아코 선장이 말했다.

두 사람은 얼굴을 마주 보고는―.

◆미캉 : 가능한 한 효율이 좋은 물건으로, 가자.

◆슈슈 : 하지만 그럼 공적이 나오잖아.

◆미캉 : 우리한테는, 시간이 없으니까.

비싸게 팔린다는 게 알려진 루트의 항로에는 공적이 대기하고 있어서, 모처럼 산 교역품을 빼앗기기도 한다.

로우(low) 리스크 로우 리턴을 하느냐, 하이(high) 리스크 하이 리턴을 하느냐의 문제가 된다.

하지만 뭐, 두 사람의 성격을 고려하면—

◆미캉 : 백려(白麗)의 대리석재, 이것밖에 없어.

◆슈슈 : 수입이 제일 좋으니까!

그런 선택을 할 줄 알았어!

◆아코 : 무, 무서운 걸 골랐네요.

◆루시안 : 우리도 손대지 못한 교역품이네…….

현재 최고 효율의 교역품, 그게 백려의 대리석재다.

뭐니 뭐니 해도 수도는 지금도 배가 대량 건조 중이라 마을의 석재와 목재, 철재의 수요가 어마어마하다.

그중에서도 가장 무겁고 가치가 높은 것이 백려의 대리석재다.

수익이 가장 높지만 리스크도 상당히 높고, 구입에 필요한 돈도 상당히 많이 든다.

◆루시안 : 돈 없다면서? 애초에 구입할 수 있어?

◆미캉 : 아까 사부한테 빌렸어요.

사부라니, 바츠한테?

◆루시안 : 잠깐, 미캉. 그거 꽤 악덕 금융일 텐데?

◆아코 : 블랙 금융이에요!

발렌슈타인에게 빚이라니, 못 갚으면 그냥 넘어가지 않을걸.

◆미캉 : 우리한테는 뒤가 없어요. 이것에 성공하지 않으면 죽을 뿐. 이판사판으로 갈 수밖에 없어요.

◆아코 : 그런 말을 하는 사람은, 대부분 실패하는 것 같던데요!

◆미캉 : 이제, 성공하는 것 말고는 길이 없어요……!

그만둬~! 그건 절대로 안 되는 패턴이야!

◆미캉 : 괜찮아요. 이래 봬도 저는 평소의 행실이 빡겜러니까.

◆루시안 : 평소의 행실이 좋더라도 안 되는 건 안 된다고!

그보다 평소의 행실이 빡겜러라니 뭐야! 처음 들었다고!

◆미캉 : 자, 선장. 채석장이 있는 가이오니스로.

◆아코 : 우우우, 출항합니다~!

◆슈슈 : 어떻게든 될 거야! 분명 괜찮을 거야!

조금도 믿을 수 없어~!

라키온호는 포포리호보다 훨씬 느린 선속으로 느긋하게 나아갔다.

다행히 가는 길에는 아무 일도 일어나지 않아서 무사히 도착할 수 있었다.

하지만, 역시 돈을 벌어들이는 건 지방에서 수도로 가는 교역이다. 돌아올 걸 알고 있으니 일부러 무시했을 가능성도 충분히 있다.

게다가 이 배, 레이더 성능도 엄청 안 좋으니까!

◆루시안 : 그래서, 석재 가격은 어때?

◆슈슈 : 의외로 낮았어!

◆미캉 : 기회, 신이 사라고 말하고 있어.

◆슈슈 : 살 거라면 지금밖에 없네!

◆아코 : 불길한 예감이 들어요.

◆루시안 : 어울려 주기로 했잖아. 포기하자.

그렇게 당장 싣고 나가자고 결심한 그때—.

◆슈바인 : 저기 아코, 루시안? 너희 지금 어디 있어?

슈가 길드 채팅으로 말을 걸었다.

후타바, 미즈키와 함께 있는 건 알고 있을 텐데, 무슨 일이지?

◆루시안 : 가이오니스에서 석재를 싣고 있는데, 왜?

◆슈바인 : ……아아…… 그게…….

뭔가 엄청 말하기 거북해하는 침묵인데?!

◆애플리코트 : 우리는 지금 대형 길드의 전체 회의에 참석 중이다만…….

◆세테 : 공적이 전력으로 항로 봉쇄를 시작했으니까, 다들 조심해~ 라는 이야기가 나왔거든.

◆루시안 : …….

오우, 그 말인즉슨—.

◆슈슈 : 오빠, 아코 씨. 전부 실었어!

◆미캉 : 이걸 팔면 승리 확실.

◆루시안 : ……자, 가볼까. 선장.

◆아코 : 죽을 때는 함께예요. 루시안.

절망의 배 여행이 시작됐다.

석재가 돈을 버는 이유는 그저 싸게 사서 비싸게 팔기 때문이 아니다.

싣기 위해 필요한 용량에 비해 쓸데없이 무겁단 말이지.

중량 제한은 없으니까 아슬아슬할 때까지 쌓으면 제대로 뜨지만, 그만큼 속도가 느려진다. 그런 리스크가 있어서 비싸게 팔리는 거다.

그리고, 이쪽은 리스크를 전부 감수하고 실을 수 있을 만큼 실었다.

속도는 거의 올리지 않고 화물 용량만 올린 우리 배. 거기에 아슬아슬할 정도까지 석재를 가득 채우면, 이렇게 된다.

◆슈슈 : 느으으으려어! 느리잖아, 오빠!

◆루시안 : 그야 이렇게나 많이 실었으니 당연하잖아!

◆아코 : 그냥 발로 걷는 게 빠르지 않을까요?

◆미캉 : 괜찮아요.

미캉은 앞을 똑바로 보며 말했다.

◆미캉 : 나아가면, 언젠가 도착하니까.

그야 그렇겠지!

도착하기 전에 피해가 생길 뿐이겠지만!

◆루시안 : 대포가 한쪽에 1문씩밖에 없으니까, 공중 몹이
라도 만나면 그런대로 곤란하단 말이지.

◆아코 : 마을과 마을 사이에서는 몬스터가 별로 안 나오
니까요…… 몬스터는, 말이죠…….

걱정되는 건 몬스터가 아니라 공적입니다.

하지만 그런 걱정과는 달리, 우리는 의외로 공적과 만나지
않고 느릿느릿 하늘 여행을 이어갔다.

뒤에서 오는 배가 점점 추월해 가지만 말이지.

◆루시안 : 역시 특출나게 느리네.

◆아코 : 느릿느릿 운전이네요.

조금 안정을 찾았는지 아코는 선장석에서 느긋하게 말했다.

◆슈슈 : 저기, 아코 씨. 이 배, 오빠랑 둘이서 타나요?

◆아코 : 네. 모두가 없을 때 루시안과 둘이서 배 여행을
해요.

◆슈슈 : …….

아코를 빤~히 바라보던 여동생이 물었다.

◆슈슈 : 오빠. 아코 씨는 방 어디에 있어?

◆루시안 : 어? 그냥 테이블에 있는데.

◆슈슈 : 오빠는?

◆루시안 : 컴퓨터 앞에 있어.

힐끔 시선을 돌리자, 아코도 의아한 듯이 이쪽을 보고 있었다.

의논을 마치고, 그대로 방으로 와서 로그인했으니까 그야 아코도 같이 있지.

후타바도 거실 테이블에 있을 거다.

그런데도 미즈키는 으으음, 하는 감정표현을 나타낸 뒤에 입을 열었다.

◆슈슈 : 요전에 밥 먹을 때도, 아까도 생각한 건데…….

◆아코 : 네?

머리 위에 물음표 마크를 띄운 아코에게 미즈키가 말했다.

◆슈슈 : 혹시 아코 씨, 오빠랑…….

아, 큰일이다.

이거 혹시, 미즈키가 아코에게 이상한 말을 하려는 게 아닐까?!

◆루시안 : 잠깐, 기다려.

그렇게 말을 막으려던 그때—.

◆미캉 : 적습.

그 한마디가 채팅창에 떴다.

◆슈슈 : 어?

◆아코 : 적인가요?

◆미캉 : 레이더에 적색 반응. 대형, 일지도.

◆루시안 : 와버렸나…….

이야기를 할 때가 아니게 되어서 좋은 건지, 나쁜 건지.

◆루시안 : 자, 어쩔래? 아코 선장.

◆아코 : 도망……칠 수 있나요?

◆루시안 : 무리겠지~?

속도로 봐서는 아무리 발버둥 쳐도 도망칠 수 없습니다.

◆아코 : 이길 수 있나요?

◆루시안 : 무리겠지~?

대포 2문으로는 어쩔 도리가 없습니다.

1문으로 무쌍을 벌이는 포포리호가 이상한 거다.

◆아코 : 그, 그럼 근처 배에 구원요청을 보내 봐요!

아코가 전체 채팅으로 전환해서 구원요청 채팅을 보냈다.

◆아코 : 가이오4 상공에 공적이에요! 근처 사람들, 도와주세요~!

만약 근처에 평범한 전투함, PKK를 하는 사람이 있다면 도와주러 올지도 모른다.

◆미캉 : 지금 이걸로 알아챘다는 걸 들켰어요. 더욱 가속 중.

◆루시안 : 큭, 이렇게 된 이상 돌을 버리고 도망칠까.

◆미캉 : 안 돼요. 파산해요.

◆아코 : 습격당해도 파산해요!

◆슈슈 : 왜 공적 같은 걸 하는 거야?! 남을 곤란하게 만드는 게 즐거운 걸까!

◆미캉 : 정말. 짜증나.

◆루시안 : 너희도 공적이잖아!

남 말할 상황이냐!

그러는 사이에도, 큰일 났다! 오고 있어! 오고 있어! 오고 있어!

◆루시안 : 수도까지 그렇게 거리가 멀지 않으니까, 구하러 와준다면 어떻게든……

◆아코 : 와주면 좋겠지만…….

◆슈슈 : 말하는 사이에 점점 다가오고 있어!

우와, 벌써 배가 옆에 나란히 섰어!

이쪽을 조준하는 대형선이 잘 보인다.

선장 같은 플레이어가 이쪽을 가리킨 순간, 저쪽의 대포에서 폭염이 솟구쳤다.

우리 배가 쿵! 하고 흔들렸다.

◆아코 : 착탄! 착탄했어요!

◆루시안 : 선장, 수리! 수리 빨리!

◆아코 : 선장이 잡일을 하다니 이상하지 않나요?!

그렇게 말하면서도 아코는 요정에게 명령해서 뚝딱뚝딱 선체의 구멍을 막았다.

하지만 이건 응급 수리다. 그리 오래 버틸 수는 없다.

◆슈슈 : 내가 글라이더로 날아가서 시간을 벌게!

◆루시안 : 저쪽은 최소 열 명 정도 있다고! 쓸데없이 사망 페널티나 당할 뿐이야!

◆아코 : 이렇게 되면, 솔직하게 부탁해 볼게요!

선장인 아코가 저쪽 배를 향해 외쳤다.

◆아코 : 이 석재는 목숨을 건 석재라고요! 나르지 못하면 저희는 전원 파산해버려요! 봐주세요, 부탁드려요!

◆호무콘 : 왜 그런 이판사판 교역을 하는데ㅋㅋㅋ 안 그만둬, 안 그만둬ㅋㅋㅋ

◆아코 : 그치마아아아아아아안!

아아아아아, 역시 봐주지 않아!

펑펑! 포화가 쏟아졌다. 세테 씨처럼 크리티컬을 펑펑 내지는 않고 있지만, 이쪽의 내구도가 팍팍 깎여나갔다!

◆슈슈 : 돛대가 부러졌어! 이대로 가면 멈춰버려!

◆루시안 : 멈추지, 말라고……!

◆미캉 : 이제 한 방이라고 좋으니까, 쏠래요!

◆아코 : 이제 틀렸어요오오오오오!

우왓! 한계야. 격침된다고!

바로 그때―.

◆애플리코트 : 하하하하하하하하하!

그런 웃음소리가 범위 채팅으로 울려 퍼졌다.

◆애플리코트 : 하늘이 부른다, 땅이 부른다, 길원이 부른다! 도와달라고 나를 부른다!

◆루시안 : 설마, 이 목소리는?!

◆아코 : 와주신 건가요!

◆애플리코트 : 아직까지 치안 유지 포인트 단독 톱, 포포리호! 지금 도착했다!

◆호무콘 : 아, 위험한 게 왔어ㅋ

◆MOMO : 에엑? 저 사람들, 구조 같은 건 안 하지 않았어?

◆호무콘 : 떨어뜨려! 빨리 떨어뜨려! 여기서 석재를 빼앗으면 나중에 마을로 가서 기회를 노릴 수 있으니까! 어서어서!

◆애플리코트 : 느려! 느리다!

◆세테 : 파이어~!

정면에서 터무니없는 속도로 날아온 소형선이 선수를 똑바로 겨눈 채 폭염을 토했다.

직후, 나란히 달리던 공적선에서 커다란 폭발이 일어났다.

◆세테 : 예~, 초크리 한 방~!

◆호무콘 : 웃기지 마! 그 치트 배 좀 어떻게 하라고!

◆슈바인 : 노리면 크리 정도는 나온다고, 정진하시지.

◆호무콘 : 안 나온다고 했잖아ㅋㅋㅋ

우, 우와, 저 배. 대형선을 한 방에 격침시켰잖아.

◆애플리코트 : 하~하하하하! 그럼 이만!

◆세테 : 열심히 해~.

◆슈바인 : 너무 무리하지는 말라고ㅋ

포포리호는 공적선을 바로 가라앉힌 뒤, 멈추지 않고 그대로 지나가 버렸다.

남의 시선으로 보니까 정말 어이없는 배네.

◆루시안 : 우리, 저런 거에 타고 있었나?

◆아코 : ……이길 수 있을까요? 저런 거에.

느릿느릿 나아가는 배 위에서 슈슈와 미캉에게 시선을 돌렸다.

◆슈슈 : 열심히 하면, 분명 이길 수 있을 거야!

◆미캉 : 우리는, 포기 안 해요.

비장감이 감도는 두 사람이었다.

◆슈바인 : 그리고 너희들, 이쪽도 이쪽대로 연습해야 하니까, 다 나르면 얼굴 내밀어라.

덤으로 그런 채팅도 날아왔다.

옙. 열심히 하겠슴다.

††† ††† †††

◆미캉 : 역시, 오늘은 돌아가야 해.

후타바가 그렇게 말한지라, 시간이 늦어지기 전에 후타바와 아코를 역까지 바래다주기로 했다.

"두 번째 배는, 역시 있으면 편리, 한가요?"

"그렇죠. 모두 함께 강화할 수 있는 길드 배도 좋지만, 자기 배! 라는 게 역시 기쁘니까요."

"……선배와 둘이서 만든 배 아닌가요?"

"네? 저와 루시안의 배라는 건, 제 배잖아요."

"퉁퉁이즘······!"[#6]

"부부의 공유재산이에요!"

후타바와 아코가 사이좋게 이야기하는 거, 꽤 드문데.

이 두 사람, 은근히 상성이 좋은 걸지도?

"······그나저나, 후타바는 은근히 누구와도 잘 지내네."

"겁이 없으니까, 조리부에서도 사랑받는 캐릭터야."

옆에서 걷던 미즈키가 말했다.

"그런데도 오빠네 부에 들어가는 거니까, 소중히 대해 주지 않으면 화낸다?"

"본인은 소중히 대해 달라는 생각은 전혀 안 하는 것 같은데."

"그, 그건 그러네."

저 녀석, 자기가 직접 골짜기 밑으로 떨어지는 타입의 새끼 사자란 말이지.

"······저기, 오빠."

그때, 미즈키가, 이건 물어봐야 한다는 표정으로 입을 열었다.

"왜 그래, 여동생아."

뭐든 물어도 좋아, 라고 대비하던 나에게—.

"······아코 언니랑 싸웠어?"

#6 퉁퉁이즘 일본 만화 『도라에몽』의 등장인물 「퉁퉁이」의 언행에서 유래한 단어. 네 것은 내 것, 내 것도 내 것.

"너도 그걸 물어?!"

"그치만 낌새가 이상했는걸."

미즈키는 뾰로통하게 뺨을 부풀리며 말했다.

아까 배 위에서 말하려고 했던 거, 역시 이거였나. 미즈키 조차도 눈치챌 줄이야.

아코와 지낸 시간이 그렇게 오래되지 않은 여동생이건만, 최근에는 아코와 현실에서 자주 만나다 보니 이변을 눈치챈 건가.

"으음, 그렇게 이상하게 보여?"

"보이지~! 오빠랑 같이 있는데 미캉하고 이야기하고 있고, 손을 잡거나 끌어안지도 않고!"

"네가 보기에는 나하고만 이야기하고 계속 달라붙어 있는 게 일반적인 아코인 거냐……."

아코도 언제나 나한테 달라붙어 있지는 않은데.

"무엇보다 같이 밥을 먹을 때, 『아~앙』도 하지 않고!"

"그건 하지 않는 게 보통이거든?!"

아코는 대체 어떤 이미지인 거야!

"그게 말이지, 딱히 싸운 건 아닌데……."

어떻게 설명해야 할까.

나를 너무 좋아하게 돼서 이상해졌다니, 여동생에게 말하는 건 너무 부끄럽잖아.

"뭐, 그게, 조금 거리감을 모색 중이라고나 할까, 그런 느낌이야. 스킨십은 줄이기로 했으니까."

"……흐~응."

미즈키가 아코의 등을 빤히 바라보다가 입을 열었다.

"그거, 오빠가 꺼낸 말이야?"

"어? 아니, 그건 아닌데……."

내가 그렇게 말하자, 미즈키는 역시나! 하고 강하게 고개를 끄덕였다.

"오빠, 그건 바람난 거야!"

"바람 안 났어!"

여러모로 태클을 걸고 싶지만, 일단 그건 아니야!

"뭔가 여러모로 툭 튀어나온 결론인데 왜 그렇게 생각한 거야?!"

"그치만 평소와 같은 척을 하면서도 몸은 절대로 허락하지 않는 거잖아! 이런 건, 『딴좋』했을 때의 특징이야."

"딴좋?"

"따로 좋아하는 사람이 생겼다는 거!"

"아니거든?!"

"분명 그렇다니까! 역시 저 아코 언니는 마녀였던 거야. 오빠를 불행하게 만들 거야!"

"그게 아니라고!"

에잇! 어쩔 수 없지.

사실은 말하고 싶지 않지만, 아코가 바람을 피웠다고 생각하는 건 좋지 않다.

"잘 들어. 거리감을 두게 된 건 이유가 있어."

"응."

"아코는 말이지, 나를 너무 좋아하게 돼서, 가까이 다가서면 이상해지니까 떨어져 있는 거야."

아아, 진짜. 입 밖으로 꺼내니까 이거 엄청 부끄럽네!

그렇건만—.

"……오빠."

"어, 어라? 미즈키 씨, 왜 그런 냉담한 눈을……?"

"평범하게 생각하면, 그건 무조건 거짓말이야!!!"

"뭐~ 그렇지! 평범하게 생각하면 그렇겠지!"

우리 집 사모님은 조금 평범하지 않으니까!

하지만 그런 건 설명할 도리가 없고, 아~ 진짜 귀찮네!

"좋아, 알았어! 오빠가 그렇게 어벙하게 있을 거라면 내가 증거를 보여줄게!"

"응?! 뭘 할 셈인데?!"

미즈키가 성큼성큼 걸어갔다.

그 너머에는, 아코와 후타바가 사이좋게 대화하고 있었다.

"타마키 선배, 저는 이쪽."

"아, 미캉네 집, 이렇게 가까운가요?"

"저기 맨션."

"역하고 가까워서 부럽네요."

"……선배네 집하고 가까운 게 부러운 거 아닌가요."

"8할 정도는 그래요!"

"아코 언니!"

"네?"

아코가 돌아보자, 미즈키는 마치 전투 중인 아바타 같은 표정으로 입을 열었다.

"잠깐 할 말이 있는데요!"

"네, 네. 뭔가요?"

아코는 일단 분위기가 진지해지면 무서워하기 때문에 약간 기겁한 듯했다.

변함없이 누가 상대라도 연약하네.

아니, 보고 있을 때가 아니었다.

"미즈키, 괜찮으니까 이상한 소리는 하지 말고—"

"아코 언니. 오빠를 이제 좋아하지 않는 거죠?!"

돌직구우우우우우우!

공략법이 그게 뭐야! 조금 더 주변 기믹을 해제하고 나서 본체로 가라고!

"느닷없이 무슨 소리인가요?! 좋아하거든요?! 사랑해요!"

"대놓고 말하지 마, 부끄럽잖아!"

"믿을 수 없어요!"

"우우! 아무리 시누이인 슈슈라도, 루시안을 향한 사랑을 의심하는 건 납득할 수 없어요! 왜 그런 말을 하는 건가요!"

아무리 아코라도 참지 못했는지 몸을 내밀며 따지자, 미즈키는 검지를 척 들이밀며 외쳤다.

"그치만 평소였다면, 좀 더 딱 달라붙는걸!"

"윽!"

아코가 움찔 떨며 몸을 젖혔다.

"오늘도 계속 거리가 멀었어!"

"하웃!"

"아코 언니는, 따로 좋아하는 사람이 생긴 거야! 숨겨도 아는걸!"

"아우우우우……."

스슥 하는 소리를 내며 아코가 뒤로 물러났다.

하지만 어떻게든 자세를 다잡고는 고개를 붕붕 내저었다.

"없어요없어요없어요! 사실무근이에요!"

"그럼 왜 오빠와 떨어져 있는 건가요!"

"그건, 저기, 가족 앞에서 상스러운 짓을 하는 건 좀, 그래서……."

변명 그 자체 같은 말투다.

물론 미즈키가 그런 걸 믿을 리가 없다.

"그럼, 평소처럼 달라붙고 싶은데 사양하고 있을 뿐인 거네요!"

"무, 물론이죠! 사실은 하고 싶은 마음으로 가득하거든요?!"

아코가 그렇게 말하자, 미즈키는 내게 손을 내밀었다.

"그럼 해봐요!"

"해보라니 무슨 소리야?!"

"신경 쓰지 말고 딱 달라붙어 봐요! 오빠도 걱정하고 있으니까!"

"나는 그렇게까지는, 신경 쓰지, 않는데?"

"거봐! 신경 쓰고 있다는 표정인걸!"

아무리 여동생이라고 해도 얼굴로 분간하는 건 그만둬!

"그, 그렇게까지 말한다면, 저희의 사랑을 보여줘 버릴 거예요?"

"어서 해봐요."

나를 무시하고 허가를 내리다니 정말 이상하잖아!

"아니, 아코. 미즈키가 무슨 소리를 하든 신경 쓸 것 없거든?"

"아뇨, 제 신부로서의 자존심은, 바람기 의혹 같은 걸 절대로 용납할 수 없어요."

우와, 이쪽도 이쪽대로 불타고 있어! 막을 수 없을 것 같다.

아코는 「게다가」 하고 말을 이었다.

"두근두근해서 못했을 뿐이지, 저도 루시안과 좀 더 꽁냥꽁냥 하고 싶었다고요!"

"그게 본심이냐!"

나도 그렇지만!

아코가 싫지 않다고 한다면 오랜만에 서로 만지고 싶은 기분은 무척 크다.

그럼 이렇게 됐으니, 사양 않고…….

"그럼, 으음…… 와봐."

자, 하고 팔을 벌렸다.

"……에, 에잇~!"

아코가 품속으로 휙 뛰어들었다.

그리운 감촉과, 이제 익숙해진 아코의 냄새에 안심했다.

어느새 아코가 곁에 있는 게 자연스러워졌단 말이지.

"자, 이러면 평소대로잖아."

미즈키에게 그렇게 말하려고 내가 고개를 움직이자—.

"루시안."

내 뺨에 손을 댄 아코가 휙 아래로 내렸다.

뭐가, 라고 생각할 새도 없었다.

"으응."

"……윽!"

발돋움을 한 아코의 입술이, 내 입술에 닿았다!

우와, 어, 아, 어, 응?

잠깐, 잠깐만. 키스당했어? 당했다고?

당했구나, 키스. 당했다. 아코에게.

잠깐 동안의 감촉이라 잘 알 수 없었지만, 그래도 다리에서 힘이 빠져나갈 것 같은 기분이 들었고, 행복해서, 아니, 그러니까 이런 길가에서, 게다가 여동생과 후배가 보는 앞에서……!

"아, 아코, 난 좀 동요하고 있는데? 갑자기 이러면 놀란다니까."

"흐냐아아아아, 루시아아아아아안~!"

"이쪽은 상태가 더 안 좋아졌어!"

흐물흐물해졌잖아!

이, 일단 목적은 달성했네!

"자, 보는 그대로거든? 딱히 변하지 않고 사이좋다니까."

"……."

"그러니, 까…… 미즈키?"

미즈키는 한여름의 길가에서 눈사람을 본 듯한, 아연실색한 표정을 지은 뒤—.

"오, 오빠랑 아코 언니, 변태~!!!!!"

"에에에에에에에에엑?!"

불합리해!

"네가 하라고 했잖아?!"

"거기까지 하라고는 안 했는걸! 에로변태색골공연외설!"

"죄목을 늘어놓는 건 그만둬!"

"우우우, 오빠가 변태가 돼버렸어…… 이런 건 너무 이상해!"

"고등학생 커플로서 당연한 일이라고 생각하는데?!"

그때, 겨우 회복된 아코가 아직 흐물흐물한 채로 미즈키에게 말했다.

"어, 어떤가요. 슈슈. 이걸로 제가 새언니라는 걸 인정해주겠죠!"

"이, 인정 못 하는걸!"

고개를 도리도리 내저은 미즈키는 뒤로 홱 돌아섰다.

"오빠를 홀린 아코 언니는, 하늘의 먼지로 만들어 버릴 거야!"

그리고는 집을 향해 달려가 버렸다.

"저 녀석 발 빠르네……."

"도망쳐버렸네요……."

내 품에서 나온 아코가 멍하니 말했다.

그렇게 미즈키의 뒷모습을 바라보는데…….

"선배."

조용히 지켜보던 후타바가 말했다.

"아이를 상대로, 어른스럽지 못하네요."

"동급생이면서 말이 심하잖아."

너도 동갑이면서.

"그리고, 조금 재미있었어요."

"너 진짜로 성격 끝내주는구나!"

구경거리가 아니거든?!

"게다가 이제 미즈키도 전력."

살짝 웃은 후타바가 도발적인 말투로 말했다.

"일요일이 기대돼요."

그럼, 하고 후타바가 한 손을 들면서 떠나갔다.

"……괜찮을까요."

"글쎄……."

승리에 불타는 후타바에, 왠지 나와 아코가 불을 붙여버린 미즈키.

　즐기자는 마음이 절반인 우리에 비해, 저쪽은 전력이다.

　"이거, 진짜로 지지 않을까?"

　"으음, 슈슈는 강적이니까요."

　"어느 쪽 의미인데?"

　게임 이야기인지, 새언니로 대해 주지 않는 점인지 모르겠다.

　"어찌 됐든, 나는 집으로 돌아가는 게 우울해졌어."

　"우리 집에 올래요?"

　"……그만둘래."

　무척 매력적인 제안이지만 말이지.

3장

"포포리호, 최대 선속!"

무더운 여름.

새빨간 태양.

그렇다면, 이어지는 말은 정해져 있다.

"바다다~!"

"야호~!"

양손을 든 세가와와 아키야마를 바라보면서, 나는 이마의 땀을 닦았다.

"더워…… 힘들어……."

"루시안, 물 마실래요?"

"땡큐."

수영복 차림의 아코가 내 옆에서 몸을 굽히고 페트병을 내밀었다.

그 풍만한 가슴에서 눈을 돌리고, 직접 세운 파라솔 아래에 앉았다.

나만 먼저 수영복을 갈아입고 나와서 한가한 김에 설치했는데, 혼자 하니까 꽤 중노동이더란 말이지.

마침내 찾아온 주말, 일요일.

우리는 예전에 왔었던 마스터의 별장에 다시 찾아왔다.

별장 부지에 있는 해수욕장은 변함없이 우리만 있는 전세 상태라서, 이렇게 우아하게 써도 되나 불안해질 정도다.

"왜 이런 곳에 온 건가냐……."

"어째서냐면, 물론 함대전을 위해서입니다."

멀리서 바라보는 선생님에게 마스터가 즐겁게 말했다.

"오늘 밤 싸움을 앞둔 우리에게 필요한 것은 조건을 갖추는 것. 컨디션은 물론이거니와, 구두로 연계를 하는가, 회선 상황은 어떤가 등, 똑같은 필드에서 승부해야지만 승패가 확연히 가려지겠죠."

"모이는 배의 숫자를 고려하면, 저스펙 사양의 컴퓨터로는 힘들긴 하겠다냐."

실제로 오늘 밤의 싸움에서는 수백 척이 모일 거라 예상되는지라, 세가와의 PC인 바하무트는 물론이고 내 컴퓨터라도 렉이 걸려서 제대로 싸울 수 없을 거다.

부실 컴퓨터를 쓸 수 없을까 생각하고 있던 참이었는데, 제대로 된 컴퓨터를 빌릴 수 있게 되어 다행이다.

그리고 한곳에 모여 있으면 서로 대화를 나누며 연계할 수도 있으니까.

"그러니까, 집합한 건 좋지만…… 딱히 바다가 아니라도 됐을 것 같은데냐."

"무슨 말씀입니까. 크루징에서는 전혀 바다에 들어갈 수 없었으니까, 해수욕을 할 기회는 필요하겠죠."

마스터는 역시 물속에 들어가는 게 최고라면서 기쁜 듯이 바다를 바라봤다.

"게다가, 2년 연속으로 친구들을 데리고 별장으로 오다니…… 부모님도 안심하시겠죠."

"아…… 우리 딸, 친구가 너무 적은 거 아냐?! 라고 생각하신다고 했었나."

"모두가 없었다면 그랬겠지!"

마스터가 핫핫핫! 하고 명랑하게 말했다.

저기, 올해는 반에서 친구를 만드는 게 목표라고 하지 않았었나? 벌써 올해의 절반이 지났는데?

"화려한 별장에 근사한 해변! 선배는 굉장하네, 오빠!"

미즈키가 비치 샌들로 모래를 박차며 다가왔다.

마치 지난번 폭주가 없었다는 듯이 기분 좋은 표정이라, 오빠는 무척 안심하고 있답니다.

"서민에게는 놀라운 체험."

"2년째지만, 저도 아직 익숙하지 않아요."

후타바와 아코가 고개를 끄덕이며 별장으로 눈을 돌렸다.

우리는 엄청 소시민이니까.

"일단 초대해 준 마스터에게 제대로 고맙다고 해."

"고맙습니다. 선배."

"신세, 지겠습니다."

"괜찮다, 괜찮아. 즐겨주면 된다."

그렇게 말한 마스터는 눈가를 슥 닦았다.

"나는 지금, 청춘을 만끽하고 있다……!"

이 사람도 어둠이 깊어!

"그럼 우선 모두 준비체조부터 하자."

"네~!"

"네."

모두 모여 준비체조를 시작했다.

굉장히 아름다운 광경이지만, 무심코 눈길이 가버려서 무척 위태롭다.

아코는 변함없이 출렁출렁하고, 세가와는 깨작깨작 움직이는 게 귀엽고, 마스터는 작년보다 더욱 스타일이 좋아진 것 같고, 아키야마는 수영복 차림이 너무 잘 어울려서 무서울 정도다.

슬~쩍 여자아이들에게서 거리를 벌리고 나도 가볍게 몸을 풀었다.

미즈키도 생각보다 괜찮아 보이니, 즐거운 바다가 될 것 같다.

"아코 언니."

"네, 네?"

그때, 미즈키가 방긋 웃으며 말했다.

"여기서 저 부표까지, 수영으로 승부하죠!"

"갑자기 뭔가요?!"

우와아아앗! 전혀 낮지 않았어!

저 녀석 아직 폭주 상태 그대로야!

"승부예요, 승부! 아코 언니한테는 안 져요!"

"수, 수영하자고요?! 저, 뜨는 것밖에 못하는데요!"

"지면 오빠는 포기해줘야겠어요!"

"싫거든요?!"

고개를 내젓는 아코를 무시한 미즈키가 물가로 향했다.

"미캉, 스타트 신호 부탁해!"

"……준비, 땅."

"절대로 아코 언니한테는 안 질거야~!"

대충 말한 신호를 듣자마자 바다로 뛰어든 미즈키가 첨벙첨벙 헤엄치기 시작했다.

우와, 가버렸어.

"……네 여동생, 재미있는 애가 됐네."

세가와가 싱글벙글 웃으며 다가왔다. 에잇, 남의 여동생을 보고 즐기지 말라고!

"잘 모르겠지만, 좀 막 나가게 되었어."

"오빠를 무척 좋아하는 거겠지."

"과연 내가 좋아서 그런 건지, 아닌 건지……."

왠지 오빠의 키스 장면을 보고 이상한 방향으로 폭주한 거라고 생각하지만.

자기가 직접 꽁냥꽁냥 하는 걸 보여달라고 했으니까 화내고 싶어도 화낼 수가 없어서, 자기 스스로도 영문을 모르게 된 게 아닐까.

"아, 쿄우 선배가 쫓아갔어."

"마스터도 좀처럼 따라잡지 못하고 있어요. 슈슈, 수영 잘하네요."

"수영부도 가능하지 않을까?"

우리는 느긋하게 그 모습을 바라봤다.

아, 선크림 발라야지. 확실히 가방에 넣어 놨다.

"……그보다, 타마키?"

선생님이 어이없다는 시선으로 옆에 앉은 아코에게 물었다.

"도전을 받은 네가 왜 멍하니 보고 있니……?"

"어, 그치만 저런 곳까지 헤엄 못쳐요."

아코는 무리예요, 하고 손바닥을 내저었다.

"이런 녀석이라서요."

"미즈키, 불쌍하다냐……."

"아, 여동생이 눈치챘어."

헤엄치다 돌아본 미즈키가, 아코가 아직 해변에 있는 걸 눈치챈 모양이다.

맹렬하게 이리로 돌아와서 숨을 거칠게 내쉬며 말했다.

"왜 안 오는데요?!"

"그치만 무리라고요."

아코는 태연하게 말했다.

"애초에 어떤 조건으로도 루시안을 걸 생각은 없어요!"

"우우우우우! 이런 분위기 파악을 못하는 부분이 오빠의 교육에 나쁘다고요!"

"분위기 못 타는 사람은 절대악이라는 문화는 폐지되어야 한다고 생각해요!"

"우리도 그런 타입은 아니니까."

"우~!"

미즈키는 퍽퍽 모래를 밟았다.

이건 좀 안 되겠네. 모두 노는 데 방해하면 안 되지.

"야, 미즈키. 여름의 추억이 없다고 해서 일부러 모두 함께 바다에 온 거잖아?"

모두에게 폐를 끼치면 안 된다, 그렇게 말을 이으려 했지만······.

"니시무라, 괜찮아, 괜찮아."

아키야마가 진심으로 즐겁다는 듯이 나를 막았다.

"모처럼이니까 할 만큼 하게 해주자."

"보고 있으면 재미있으니까~."

"동경하는 선배에게 톡톡대는 귀여운 후배. 그야말로 청춘이라는 느낌이라, 고문 교사로서 보람을 느낀다냐."

"······모두가 괜찮다면, 상관없지만."

막는다고 해서 순순히 그만둘지도 알 수 없으니까.

"으음, 이 승부는 내 승리라는 걸로 해도 되는 건가?"

애써 부표까지 헤엄치고 돌아온 마스터가 어딘가 만족스럽게 말하며 모래사장으로 올라왔다.

변함없이 체력이 좋네. 작년에도 혼자 마구 헤엄쳤었고.

"아, 아무튼 승부해요, 아코 언니! 뭐든 상관없으니까!"

"어라? 지금 뭐든 상관없다고 했나요?"

"뭐든 상관없어요!"

"우우우, 말이 안 통해요⋯⋯ 말하기 힘들어요⋯⋯."

말다툼을 하는 두 사람에게, 타올로 머리를 닦던 마스터가 말을 걸었다.

"그럼 정정당당하게 승부를 해볼까. 게임은 내가 준비하마."

"마스터?"

"뭘 하는 건데요?"

"글쎄, 예를 들어⋯⋯ 이건 어떠냐?"

모래사장에 엎어져서, 언제든 일어날 수 있는 자세를 잡았다.

몇 초 기다린 뒤—.

"레디⋯⋯ 고다냐!"

선생님의 목소리가 들렸다.

즉시 일어나서 몸을 돌렸다.

그리고 골을 향해 해변을 전력으로 달렸지만⋯⋯.

"무거워! 다리가 무거워!"

우왓! 그냥 땅 위에서보다 훨씬 달리기 힘들어!

애초에 달리기를 잘하는 것도 아닌 나한테 이 환경은 버겁다고!

"모래사장 달리기 힘들어……."

뒤에서 마찬가지로 고전하는 세가와의 목소리가 들렸다.

모두 똑같이 고생한다면, 어쩌면 이길 수 있을지도—.

"먼저 갈게~!"

그때, 바로 옆으로 아키야마가 지나갔다!

"우와, 빨라!"

"요령이 있거든~!"

나를 제치고 모래 위를 날듯이 달렸다.

"1등~!"

그리고 좌~악! 헤드퍼스트 슬라이딩을 하며 모래에 꽂힌 깃발을 뽑았다.

젠장, 져버렸나~.

여자에게는 질 리 없다고 생각해서 완전히 방심했다…… 꽤 분하다……!

"이렇게나 달리기 힘든데, 어떻게 그렇게 사뿐사뿐 달리는 거야?"

"굉장하지~?"

아키야마가 몸을 빙글 뒤집어서 이쪽을 바라봤다.

약간 몸을 굽히며 누운 모습은, 왠지 나를 기다리는 것처럼 보였다.

땀에 젖은 몸에 모래가 달라붙어서 묘하게 색기가 있다.

"왠지 그 자세 위험하니까 일어나."

"니시무라! 말~투~ 좀~!"

아키야마는 화를 내면서도 손을 잡고 가볍게 일어났다.

"아~, 힘들어~."

동시에, 이제 달릴 의미도 없는데 골로 들어온 세가와가 옆에서 털썩 쓰러졌다.

"비치 플래그 대결, 1회전은 아키야마 나나코의 승리!"

"예~!"

마스터가 승리자를 호명하자 아키야마가 기운차게 깃발을 흔들었다.

승부 내용은, 설마 하던 비치 플래그 대결이었다.

모래에 깃발을 꽂고, 20미터 정도 떨어진 반대쪽에 가서 엎드린다.

이후에는 신호와 함께 달려서 깃발을 뽑는 사람이 이긴다는 알기 쉬운 룰이다.

단지, 그게 즐거우냐 하는 건 다른 문제라서⋯⋯.

"아~, 역시 우리한테는 안 어울리네~."

"힘들어~."

"평소에 운동 부족이라서 그런 거 아냐?"

운동은 게임 캐릭터한테 맡기고 있으니까.

"그럼 운명의 2회전! 멤버는 후타바 미캉! 타마키 아코!
니시무라 미즈키!"

"승부예요, 아코 언니!"

"얼마든지 받아……주고 싶긴 하지만요……."

모래 속에 꽂힌 깃발을 본 아코가 굳어진 미소로 말했다.

"이건 제 전문 분야가 아닌 것 같은데요!"

"여차할 때 오빠를 지키려면 체력이 필요하다고요!"

"여차할 때가 되면 힘낼 수 있을 것 같지만, 평소에는 별
로 자신이 없는데요."

"평소에 안 하던 일을 긴급할 때 할 수 있을 리가 없는걸!"

정론이긴 하지만, 아코는 여차할 때 나보다 펀치력이 더
나오기도 하거든?

"우우, 일단 참가는 하겠지만……."

아코는 싫다는 표정으로 엎드렸다.

그 옆에는 한껏 의욕을 드러낸 미즈키와…….

"한다면 이겨야지."

일단 승부이기만 하면 언제든 전력을 다하는 후타바가 나
란히 엎드렸다.

뭐야, 이 대결 구도.

"그럼 간다~? 레디~!"

선생님이 손을 들었다가 확 내렸다.

"고~다냐!"

"큭!"

"······윽!"

"영차."

벌떡 일어난 두 사람과, 이영차 하고 일어난 아코.

그리고 바로 맹렬하게 내달린 두 사람과, 설렁설렁 달리는 아코.

이미 승부라고 할 수가 없는 것 같은데······.

"아코, 조금 더 기합 넣으라고~."

"그치만 달리기 힘들단 말이에요~!"

그런 문제였어?!

아코 나름대로 열심히 달리고는 있었지만, 앞서가는 두 사람과의 거리는 벌어지기만 할 뿐―.

아니, 어라?

"허억······ 허억······."

"따, 따라잡았어요!"

"윽······ 지, 질 수 없어······!"

이 단거리에서 벌써 후타바의 체력이 떨어졌어!

아코가 따라잡아 버렸다고!

"이, 이제 체력이······."

"한계까지, 달려야······!"

둘이서 나란히 거친 숨을 내쉬며 휘청휘청 달렸다.

왠지 극한의 싸움처럼 보이지만, 아직 10미터 정도밖에 안 달렸거든?!

"깃발, get~!"

그리고 1위를 독주한 미즈키가 깃발을 얻어냈다.

"해냈어, 오빠! 내가 1등이야! 아코 언니한테는 안 지거……든?"

돌아본 미즈키가 본 것은—.

"이제 틀렸어요오."

"힘……냈……어……."

깃발에 도착하기도 전에 힘이 다한 아코와 후타바의 모습이었다.

"축하해! 승자, 니시무라 미즈키다냐~!"

"이긴 것 같지 않아!"

겨우 숨을 가다듬은 아코는 「루시안을 거는 건 아니거든요?」라는 전제를 둔 뒤—.

"제가 보기엔 말이죠, 못하는 분야로 승부하는 건 불공평하다고 생각해요."

그런 말을 꺼냈다.

"저도 슈슈에게 새언니의 위대한 무언가를 보여줘서 훌륭한 시누올케 사이가 되고 싶은 마음이 있어요. 하지만 아웃도어 승부라면 처음부터 패배가 확정이잖아요!"

"하긴, 그렇네."

"응, 공평한 장르로 승부해야."

정면 승부가 신조인 후타바도 수긍했다.

"우…… 알았어요. 그럼 아코 언니가 잘하는 건 뭔가요?"

"……자, 잘하는 것, 말인가요?"

"그걸로 승부해요! 저는 어떤 걸 해도 이길 테니까!"

아까의 그 결말이 납득되지 않은 거겠지. 미즈키는 울컥하며 말했다.

하지만 아코가 잘하는 거라…….

"아코, 잘하는 게 뭐야?"

"……가사, 일까요?"

"해변에서 할 일은 아니라고 생각한다만……."

"아코의 특기라면, 끈적끈적하고 괴상한 직결충 남자를 끌어들이는 거잖아."

"그럼 사람이 많은 곳으로 가서 헌팅을 당하면 이기는 걸로 승부해?"

"내 신부랑 여동생한테 뭘 시키려는 거야! 기각이야, 기각!"

"아, 루시안에 대한 지식이라면 지지 않아요! 루시안 퀴즈 대회라면 이길 수 있어요!"

"잊고 있는 것 같은데, 대전 상대는 가족이거든?"

와글와글 논의가 진행됐다.

으~음, 아코가 잘하는 장르로 승부하는 것 자체가 어렵네.

아코는 결코 아무것도 못하는 건 아니지만, 기본 스테이터스가 낮은 탓에 뭘 하더라도 불리한 느낌이 든다.

"그러고 보니, 아코는 총 같은 걸 쏘는 게 특기 아니었어?"

아키야마가 「요전에도 오프라인 미팅에서 했었잖아」라고 말했다.

듣고 보니, 저격 실력이라면 나도 아코에게는 못 이길 것 같다.

"하지만, 이 자리에서 FPS를 할 수는……."

"아니…… 그거라면 좋은 생각이 있다."

씨익, 사악한 미소를 지은 마스터가 말했다.

그로부터 수십 분 뒤…….

우리는 배에 올라탔다.

"애플리코트 팀, 전원 준비는 되었나!"

"괜찮아요!"

"언제든 갈 수 있어!"

"열심히 할게요."

"고양이공주 팀, 문제는 없는가냐?"

"전부 한꺼번에 벌집으로 만들어 주겠어!"

"무, 물총이거든?"

"아코 언니한테는 안 져요!"

뭐, 고무보트지만.

우리는 소형 엔진이 달린 고무보트를 타고 앞바다까지 나왔다.

마스터가 이끄는 애플리코트 팀과 선생님이 이끄는 고양이공주 팀으로 나뉘어서 물총 싸움을 하게 되었다.

"꽤 흔들리는데, 아코, 멀미는 안 나?"

"괜찮아요. 여러모로 둔한 편이라서 그렇게 멀미는 안 나요."

"좋은 점이잖아. 일부러 나쁘게 말할 필요 없어."

"그런가요? 에헤헤."

아코는 그렇게 말하면서도 내게서 조금 떨어져 있다.

변함없이 몸이 닿으면 삶은 달걀처럼 되는 게 낫지 않은 모양이다.

솔직히, 꽤 쓸쓸하다.

"……앗!"

하지만, 슬그머니 이리로 다가와서 어깨가 닿으면 돌아가는 걸 반복하고 있으니까, 꽤 나아진 것 아닌가 싶다.

"지금부터, 현대통신전자 유희부 팀 대항 물총 싸움을 시작한다! 룰은 단순하다. 머리에 달린 종이풍선이 찢어지면 탈락! 마지막까지 남은 팀이 승리한다!"

그렇게 말한 마스터는 머리 위에 달린 종이풍선을 툭툭 두드렸다.

준비가 투철하다니까. 대체 얼마나 많은 놀이를 준비해둔 거야?

"밤에는 함대전이 기다리는 지금, 이 선상 결전은 좋은 전

초전이 될 거다! 놀이이기는 하지만, 서로 전력으로 임하자!"

오~! 하고 모두의 목소리가 겹쳤다.

슈욱슈욱, 대형 물총의 압력을 높이면서 옆에 있는 아코에게 물었다.

"어때, 아코. 노릴 수 있겠어?"

"흔들려서 조금 어려워요!"

"그건 그런가. 이렇게 파도가 치면, 말이지!"

바다 위는 꽤 파도가 거칠어서, 도저히 노린 대로 맞을 것 같지 않을 만큼 흔들렸다.

그런 상태에서도 아코는 홋홋홋, 하고 자신만만하게 웃었다.

"그래도 슈슈에게는 지지 않아요! 제가 하면 할 수 있다는 걸 보여줘서, 새언니라고 불러 달라고 하겠어요!"

"으, 응...... 힘내."

싸우는 것도 곤란하지만, 미즈키가 아코를 새언니라고 부르게 되면 그건 그것대로 성가실 것 같은데......

학교에서 그랬다가는 더욱 이상한 소문이 퍼질 테니까.

"그럼 간다! 레디—."

우왓! 시합 시작인가.

목적은 어찌 됐든, 기왕 한다면 즐겨야지!

마스터가 손을 휙 들었다가, 크게 내렸다.

"파이트!"

목소리와 함께 고무보트 안에 숨어서 물총 방아쇠를 당겼다.

우와, 너무 흔들려서 전혀 노린 곳까지 날아가지 않잖아!

"젠장, 상황이 안 좋아!"

"이거 노려봤자 소용없겠네! 난사야!"

"큭! 슈바인 녀석, 난사 작전인가!"

"괜찮아요. 잠깐만 기다리면……."

세가와가 마구잡이로 물총을 쏴댔지만, 곧바로 물이 떨어져서 슉슉 하는 슬픈 소리가 들렸다.

"아, 잠깐 물 보급."

"지금이에요! 저격하겠어요!"

탱크에 물을 넣기 위해 보트에서 몸을 내민 세가와를 향해, 아코가 쏜 물이 직격했다.

"아얏…… 차가워! 잠깐, 뭐야? 쟤! 이렇게 흔들리는데 맞추잖아!"

"아코, 이런 건 잘하네."

"말하지만 말고 나나코 너도 쏘라고!"

"으음, 안 찢어지네요."

물을 꽤 맞았는데도, 세가와의 종이풍선은 찢어질 기색이 안 보였다.

어라? 저거 의외로 튼튼한가?

"종이풍선이긴 하지만 어느 정도 방수성은 있다. 제대로 맞추지 않으면 간단히 찢어지지 않아!"

"또 귀찮은 걸 준비하기는!"

이렇게 흔들리는데 직격시키라니, 어떻게 하라고!

"배를 가까이 대서, 근접전 하고 싶어요."

"그건 하이 리스크 하이 리턴이군. 특히, 지금은 소극적인 선생님이 전력을 다할 위험이 있다."

거리가 있다 보니 고양이공주 씨는 가끔 쏘기만 하면서 놀고 있긴 하지만, 저 사람도 근본은 게이머다.

거리가 줄면서 격렬하게 쏴대기 시작하면 거침없이 공격할 것이다.

"……선생님은 강적?"

"아키야마와 동등한 레벨로 최종 보스."

"성가시네요."

상대 팀, 꽤 강하니까.

"아, 좋은 생각이 났어! 위를 향해 쏘면 떨어질 때 맞잖아!"

"아카네! 바람! 바람 때문에 이쪽으로 흘러오잖아!"

"차갑다냐!"

"어라? 선생님, 잠깐 바람 불어오는 방향으로 가줘!"

"평범하게 쏴서 싸우자냐!"

저쪽 배가 다투고 있어! 이건 기회다!

이 틈을 타서 한 명이라도 쓰러뜨리면— 어라?

"미즈키는 어디 갔어?"

"그러고 보니 아까부터 모습이 안 보이네요."

"보트 바닥에 엎드려서 숨어 있나?"

"우우, 그렇더라도 전혀 모습이 안 보이는 건 이상······ 우왓?!"

우와, 배가 엄청 흔들렸어! 큰 파도가 왔나?!

보트 가장자리를 꽉 잡고 자세를 다잡다가 눈치챘다.

저쪽 배는 전혀 흔들리지 않는다.

어떻게 된 거지? 이쪽만 파도가 있다니, 그런 일이 있나?

"이상하네. 왜 이쪽 배만 흔들린······."

"아코 언니! 잡았다~!"

"히야아아아아아앗?!"

뭐, 뭐야?!

옆에 있던 아코가 균형을 잃고 바다에 떨어지려고 하고 있었다.

"무슨 일이······ 미, 미즈키?!"

"슈슈, 왜 여기에?!"

당장에라도 찢어질 듯이 젖어버린 종이풍선을 매단 미즈키가 보트 가장자리에 둥둥 떠 있었다!

그리고, 아코를 떨어뜨리려고 잡아당기고 있어!

"후후후, 시작하자마자 파도를 틈타서 이쪽으로 헤엄쳐 왔거든!"

"어, 어째서 그런 짓을?!"

"아코 언니와 직접 결판을 낼 거니까! 진정한 모습을 보여주세요! 이 마녀~!"

"누명이에요! 떠, 떨어져요~!"

"잡아, 아코!"

이런 곳에서 머리부터 떨어지면 단번에 풍선이 찢어진다고!

"여동생이 만든 기회를 헛되이 해선 안 돼!"

"쏴라, 쏴라!"

"일제 사격이다냐!"

게다가 이때라는 듯이 저쪽 팀이 마구 쏘고 있잖아!

젠장! 주력인 아코가 빠진 데다 떨어지지 않게 잡고 있는 나도 쏠 수 없으니까, 화력에 엄청난 차이가 생겼다. 이대로 가면 그냥 지겠어!

"이렇게 되면."

"어? 잠깐, 후타바?!"

"미캉?!"

후타바가 수면에 떠 있는 미즈키에게 총을 들이밀었다!

무표정해서 상황이 더 무섭잖아!

"내, 내가 맞더라도, 아코 언니는 길동무로!"

"그만둬주세요오오오오오!"

그때, 미즈키의 손이 확 떨어졌다.

"아얏…… 어라?"

"슈슈?"

"왠지 다리가, 아파, 이거…… 푸흡!"

다리를 잡고 파도에 휩쓸리고 있잖아?!

"미즈키?!"

"오빠……! 살려…… 푸핫!"

"다리에 쥐가 난 건가!"

아코를 떨어뜨리려고 괜히 힘을 줘서 다리에 쥐가 났구나!

"기다려! 지금 구해줄 테니까—."

"슈슈!"

그때, 배가 흔들리더니, 미즈키 옆으로 첨벙 하는 물보라가 솟아올랐다.

앗, 아까까지 내 옆에 있던 아코가 뛰어들었어!

"슈슈, 붙잡으세요!"

"아코 어푸푸푸푹!"

"하흑! 그렇게 힘껏 잡으면푸흡!"

"빠진 사람을 뛰어들어서 구하려고 하면 안 돼!"

아아, 정말! 어쩔 수 없네!

각오를 다지고, 나도 아코 옆에 뛰어들었다.

"두 사람 다 나를 잡아! 힘껏!"

"루시아아아아안!"

"오빠!"

우와아아아악! 둘 다 힘껏 붙잡잖아!

가라앉아, 가라앉는다고! 숨이!

"좋아, 잡았지?! 진정했어?! 그럼 힘 빼, 물에 뜨니까!"

"그렇게 말해도~!"

"다리, 다리가 안 움직여서……!"

"침착해! 떠 있어. 이제 떠 있다고!"

그보다 뜨지 않을 리가 없잖아!

"우리 모두, 구명조끼 입고 있으니까!"

"……어라?"

"…………으잉?"

그 말을 듣고 떠올랐다는 듯이, 아코와 미즈키가 자신의 상반신을 확인했다.

구명조끼를 입고 있다는 걸 겨우 깨달은 두 사람이 둥실둥실 알아서 뜨기 시작했다.

"그랬었지…… 다리에 쥐가 나고, 파도가 촤악 와버려서, 놀라서 잊고 있었어……."

"슈슈를 구해야겠다는 생각으로 머리가 가득해서, 머릿속에서 사라져 버렸어요."

아코가 아핫, 하고 웃으며 말했다.

미즈키는 몰라도 아코는 다음번에 절대 또 이러면 안 돼. 2차 재해가 일어나니까.

"세 사람 다, 이걸 잡아라!"

보트 위에서 마스터가 끈에 묶인 튜브를 던졌다.

다리에 쥐가 난 미즈키도 어떻게든 보트로 끌어 올렸다.

"떨어진 거 괜찮아?"

"다치지는 않았어? 호흡은 괜찮아?"

상대팀의 배도 이리로 다가왔다.

그렇게 걱정하지 않아도 괜찮아.

"괜찮아, 괜찮아. 구명조끼 입고 있으니까."

"역시 입힌 게 정답이었네."

엔진을 조작하던 선생님이 고개를 끄덕였다.

"무슨 일이 일어날지 모르니까 전원에게 구명조끼를 입힌다! 올해는 무조건 사고가 일어나는 걸 방지하고자 했던 내 위기관리 의식을 칭찬해 줬으면 좋겠다냐!"

"준비한 건 저입니다만."

"그건 말하지 않는 게 약속이다냐."

이렇게 된 이상 시합을 할 상황이 아니다.

싸움은 무효로 치고, 이대로 육지로 돌아가기로 했다.

"……아코 언니."

"네?"

돌아가는 길. 한쪽 다리를 주무르던 미즈키가 아코에게 물었다.

"구명조끼 입은 걸 잊어버리고 있었는데, 왜 뛰어든 건가요? 수영, 잘하지 못한다면서요?"

"네? 그야……."

아코는 미즈키를 다정하게 바라보며 말했다.

"소중한 시누이가 물에 빠졌으니까, 뭔가를 생각하기 전에 뛰어들고 말았어요."

"아……."

마치 나라는 필터를 통하지 않고 처음으로 아코 본인을 본 것처럼, 미즈키의 눈이 크게 벌어졌다.

그리고, 무사해서 다행이라며 머리를 쓰다듬는 아코에게―.

"……언니."

미즈키가 살짝, 중얼거렸다.

"……."

"……."

잠깐의 침묵이 흐른 뒤―.

"들었어요! 들었다고요!"

"어, 앗, 아니에요! 아닌걸!"

"아니긴 뭐가 아니에요! 들었거든요? 아코 언니가 아니라 그냥 언니라고 불렀잖아요! 새언니라고 불러 달라고 할 예정이긴 했지만, 루시안이 오빠니까 제가 언니인 것도 좋네요! 완전 오케이예요!"

"말하지 않았어! 말하지 않았다고! 아코 언니가 내 언니가 되다니 절대로 인정 못해!"

"에헤헤헤헤, 시누이는 귀엽네요!"

"우우우우우, 역시 아코 언니 너무 싫어!"

왠지 저 두 사람, 조금 친해진 것 같다.

이제 막 형성된 두 사람의 관계를 따스하게 바라보는 분위기 속에서, 나만 조금 풀이 죽었다.

"……동생이 물에 빠졌는데 바로 뛰어들지 않았던 나는, 못난 오빠인 건가……."

"그, 그렇지는 않다. 루시안. 빠진 사람을 구하는 건 정말로 어려워. 설령 수영의 프로라도 같이 빠질 가능성이 있을 정도다! 일단 냉정하게 보는 건 올바른 일이었어!"

"그런 논리적인 문제가 아니라…… 가족으로서……."

"구했으니까 상관없지 않나! 풀 죽지 마라! 너는 잘못되지 않았어!"

††† ††† †††

그 후, 비치 볼 토스 대결에서 미즈키가 이기고, 아름다운 모래성을 만드는 대결에서는 아코가 이기는 등, 왠지 결판이 나지 않은 채 해가 저물기 시작했다.

"결판은, 이후의 함대전에서 내겠어요!"

"바라던 바예요!"

단지, 미즈키도 아코도 미련이 남은 느낌은 아니었다.

아마 아코가 미즈키를 구하러 뛰어들었을 때, 이미 결판을 낼 필요는 없어지지 않았을까. 그런 기분이 든다.

"이야~, 잘 놀았네."

"내일은 분명 근육통이 올 거야."

"……선생님은 아마, 모레에 올 거다냐."

"네? 왜 고양이공주 씨는 내일이 아닌 건가요?"

"우-우-우, 무지한 제자의 말이 선생님을 괴롭힌다냐아아아!"

그렇게 엄청 연상인 것도 아니면서.

"그럼 돌아가기 전에 파라솔과 놀이도구를 별장으로 옮기자⋯⋯."

"아, 그건 제가 해둘게요."

대미지를 받으면서도 말한 선생님에게 내가 살짝 손을 들며 말했다.

"딱히 니시무라가 혼자 할 필요는 없는데?"

"그래도 말이지. 갈아입는 것도, 샤워도 내가 제일 빠르니까 어차피 나중에 한가하다고."

"그러게. 효율충스럽게 생각하면 니시무라가 해야겠어."

"효율이 전부가 아니거든?!"

아키야마는 신경을 써주고 있지만, 괜찮으니까.

그보다 여기 남는 게 더 곤란해.

"됐으니까, 다들 먼저 돌아가서 모래나 털어. 여자랑 같이 샤워를 기다리는 거 거북하니까, 마지막으로 들어가고 싶어."

"⋯⋯그러고 보니, 이 중에 남자는 루시안 혼자뿐이구나."

"완전히 익숙해져서 잊고 있었네."

모래사장이나 바다라면 모를까, 별장 거실에서 수영복은, 좀 그렇지.

게다가 목욕하고 나온 여자아이들이 우르르 나올 테고.

아아. 정말. 상상하기만 해도 거북하다.

기쁘다거나 그런 것보다는, 좀 봐줬으면 좋겠다는 마음이 더 강합니다.

"그러니까 자, 먼저 돌아가 있어."

"미안해, 니시무라. 부탁할게."

"미안하지만 맡기마!"

"샤워 끝나면 도와주러 올게요, 루시안!"

"또 모래투성이가 되면 의미 없잖아. 자, 같이 돌아가자."

"오빠, 나중에 봐."

와글와글 별장으로 돌아가는 일동.

응, 계속 여자들에게 둘러싸여 있었던 터라, 차라리 혼자 차분하게 하는 게 낫다.

좋아. 정리하고 돌아갈까.

"이 묻혀 있는 걸 뽑아서, 이쪽을 접고…… 영차."

"선배, 여기 누를까요?"

"그래, 부탁해."

균형을 잃지 않도록 지탱해달라고 한 뒤, 모래가 묻지 않도록 파라솔을 접었다.

"……응?"

"응?"

바다에서도 계속 안경을 끼고 있던 후배와 눈이 딱 마주쳤다.

"왜 여기 있는 거야? 후타바."

"선배한테 정리를 시키고 돌아가다니, 1학년 실격."

"태연하게 돌아가던 미즈키는 어떻게 되는 건데?!"

"미즈키는 여동생이고…… 부원이 아니니까."

그리고는 가슴을 쭉 폈다.

"저는, 부원 후보."

"그런가."

그냥 돌아가도 전혀 상관없었지만, 여기서 거절하면 부원으로 인정하지 않는 것 같아 미안해지겠지.

"그럼 도움 좀 받아볼까. 1학년."

"네."

둘이서 분담해서 짐을 들고 영차영차 별장으로 옮겼다.

노는 데 사용한 도구는 전부 창고에 정리했다.

아~, 생각보다 지치네!

이거, 혼자 했다면 꽤 고생했을지도 모르겠어.

"후우, 이걸로 종료!"

이거야 원, 하고 모래사장이 보이는 풀밭에 앉았다.

"수고, 했어요."

옆에 후타바가 털썩 앉았다.

수평선에 해가 저물어가는 모습을 둘이서 바라봤다.

이거, 아코가 보면 바람피운다고 말하지 않을까?

괜찮겠지. 후배니까, 응.

"오늘은 어땠어?"

"즐거웠어요."

후타바는 망설임 없이 즉시 대답했다.

"그야 그런가. 제일 진지하게 승부했으니까."

토스 대결에서도 공을 떨어뜨렸을 때는 진심으로 아쉬워했고, 모래성 만들기도 마지막까지 달라붙어서 만들었다.

승패는 둘째 치더라도, 가장 즐기는 것처럼 보이던 건 후타바였다.

"마지막 성, 아슬아슬하게 사나다마루#7가 무너지지 않았다면 더 고득점이었을 텐데……."

"아니…… 아름다운 성을 만드는 대결이었거든? 일본풍 성에 도전한 후타바와 아키야마 팀은 어떻게 해도 우승하지는 못했을 것 같은데……."

엄청 멋지긴 했지만, 아름다운 것하고는 좀 달랐거든?

"뭐, 즐겼다면 다행이네."

"……네. 평소에 가던 바다랑은, 달랐어요."

"이런 영문 모를 놀이를 진지하게 하는 경우는, 별로 없으니까."

평소에는 좀 더 꺄아꺄아 즐기는 걸 했을 테니까.

내가 그렇게 말하자, 후타바는 저녁 해를 바라보며 말했다.

"아니, 에요."

#7 사나다마루(真田丸) 일본 오사카에 존재했던 방어를 위한 외성(出城).

"응? 전에도 이런 거 했었어?"

"그게 아니라. 평소에는 제가 진지하게 승부하려고 하면."

후타바는 말을 고르듯이 몇 번 입을 우물거리다가 말했다.

"장식물이 갑자기 반격한 듯한, 그런 반응, 보이니까."

……

"장식물이라니…… 그렇게나?"

"조금 과장."

"과장하지 마! 걱정했잖아!"

장식물 취급을 받았다고 생각해서, 뭐라 말해야 좋을지 조금 고민하게 됐잖아!

"그래도, 별 차이는 없어요."

허둥대던 내게, 후타바는 조금 웃으며 말했다.

"어른스럽고, 조용하고, 해가 없는 아이…… 다들 저를 『그런 식』으로 보니까. 제가 분통해해도, 이기고 싶어 한다고, 생각하지 않아요."

더듬거리는 말 속에는, 그 상황을 이겨내지 못했던 분한 감정이 담겨 있는 것 같았다.

"선배는 울컥해 주니까, 즐거워요."

"어린애라서 미안하네!"

게임에 전력을 다하는 녀석은 다들 그렇다고.

후타바는 우리 부에 왔을 때부터 빡겜을 했었으니까, 그다지 위화감은 없었고.

우리 부에 왔을 때, 라…….

"……우리 부에 왔을 때, 말인데……."

"네?"

이쪽으로 고개를 돌린 후타바에게 물었다.

"처음에 견학하러 왔을 때였지? 전원을 이기지 못하면 입부하지 않겠다고 말했던 거."

"네."

"그건…… 어째서야?"

모두 친해 보이니까 전원을 이겨서 인정을 받고 입부하고 싶다…… 예전에는 그렇게 말했었다.

거짓말이라고는 생각하지 않지만, 그것만으로는 왠지 위화감이 있었다.

처음 왔던 그때는, 우리가 이렇게나 친하다는 걸 몰랐을 테니까.

"말하고 싶지 않으면 딱히 상관없지만."

"……그런 건 아닌데요."

후타바는 잘 하지 않는 귀여운 말투로 으음, 하고는 말했다.

"어렵네요."

"설명이?"

"네. 길어지는데…… 괜찮나요?"

"상관없어."

"그럼, 들어 주세요."

후타바는 실은 말하고 싶었다고 한 뒤, 마음을 다잡기 위해서인지 그 자리에서 자세를 고쳐 앉았다.

"처음으로 게임…… LA를 보게 된 건, 부활동 때가 아니었어요."

"그랬지. 미즈키랑 같이 했었잖아."

"네."

미즈키가 우리 집으로 데려와서, 거기서 하는 걸 봤었다.

그래서 견학하라고 권유했던 거고.

"미즈키가 보여줘서, 처음으로 온라인 게임을 접했을 때, 무척 놀랐어요."

아, 이해하지. 이해해.

이유는 다를지도 모르지만, 나도 엄청 놀랐거든.

이게 전부 사람이야?! 다들 자유롭게 RPG를 하고 있어?! 굉장해! 라면서.

"어떤 점이 놀라웠는데?"

"……세계가, 또 하나 있는 기분이 들었어요."

눈앞의 세계를 확인하고 있는지, 아련한 눈빛을 보였다.

"외모라든가, 목소리라든가, 말투라든가…… 그런 건 전혀 상관없는, 여기와는 동떨어진 머나먼 세계가 있다. 그렇게 생각했어요."

"그래서 놀란 건가."

"네. 감동."

"조금 더 목소리에 감정을 담아봐."

감동한 것처럼 안 들리니까.

하지만 마음은 무척 이해가 간다.

나도 감동했었다. 내 세계가 머나먼 저편까지 넓어졌다고 생각했다.

재미있는 건, 하는 말이 아코와 같은 것 같으면서도 결론이 정반대라는 점이다.

그 녀석은 현실도 게임도 전혀 다르지 않다, 오히려 그쪽이 진짜 세계라고 말하니까.

후타바는 지금의 자신과 동떨어진 다른 세계가 있다고 생각하는 것 같지만.

"그럼 LA에서는 또 다른 자신인가."

"이미 저는, 저쪽에서는 빡겜러 의욕러인, 광견 미캉."

"그런 대우를 받고 있었냐……."

"대환희."

"광견 취급에 기뻐하지 말라고?!"

"이쪽에서는, 절대로 불가능하니까."

그야 뭐, 후타바라면 이쪽에서 똑같은 일을 해도 광견(미니어처 닥스훈트)이라는 느낌이니까.

"이야기를 되돌릴게요."

마치 게임에서 감정표현을 하듯이 넘어가자는 동작을 취한 후타바가 말을 이었다.

"그래서, 그 세계에서는 이 세계와 같은 일은 하고 싶지 않았어요."

"같은 일……이라면?"

"부활동에서 후배인 건, 상관없어요. 1학년에, 신입생에, 신입부원이라도 좋아요."

"뭐, 정말로 후배니까."

하지만, 하고 후타바는 내게 시선을 돌렸다.

"그 세계에서 선배이니 후배이니 하는 건, 없다고 생각해요. 이쪽 신분에 만족해버리면, 어느 쪽에서든 똑같아지니까. 전부 끝장날 거다. 그런 기분이 들었어요."

"그래서…… 승부를 내건 거야?"

"네."

후타바는 어딘가 기쁜 듯이 말했다.

"그렇게나 많은 것들이 있고, 많은 일이 가능한 세계. 선배도 분명, 전부 본 건 아닐 거예요. 어딘가 이길 수 있는 점이 있을 테니까, 그걸 찾아서, 그 아이는 제법이다, 싸울 가치가 있다, 그렇게 생각해줬으면 했어요."

"……그거야, 처음부터 생각했었는데."

그런 이유로 승부에 도전했던 건가.

첫날부터 승부하자고 한 시점에서, 이 녀석 제법이네~ 라고 생각했었다고.

"아…… 그래도, 응. 이해는 할 수 있을 것 같아."

평범한 부활동 후배는 어지간한 일이 없다면 선배의 아래에 위치한다.

특히 대회도, 시합도 없는 이런 부에서는 후배이기만 해도 계속 보호받는 위치에 선다.

현실이라면 그나마 참을 수 있어도, 모처럼 새로운 세계에 갔는데도 같은 처지에 얽매이는 건 도저히 마음에 들지 않으니까, 고참 녀석들에게 한 방 먹여주자고 생각했던 것이리라. 확실히……

"그런 드센 느낌, 왠지 후타바 같네."

"그런가요?"

후타바는 의외라는 듯이 오른손으로 안경을 고쳐 썼다.

"이상하다고 할 줄, 알았는데."

"방향은 반대지만 똑같은 사람이 있으니까……"

지식으로는 이미 베테랑의 영역인데도, 세테 씨는 뭘 모른다는 말을 들을 때마다 기뻐하는 무적 캐릭터가 있는지라.

"아무튼, 후바타가 우리와 친숙해진 이유를 잘 알게 됐어."

"……네?"

어째서냐는 시선으로 묻는 후배— 아니, 성장 속도가 빠른 아처 친구에게 말했다.

"LA를 그렇게나 진지하게 생각해 주고 있으니까 이렇게 가까워진 거야."

그렇다면 우리와 친해지지 않을 리가 없다.

"……네."

후타바는 천천히 끄덕이고는, 다시 한 번 말했다.

"그러니까, 입부하고 싶어요."

"대환영인데?"

"그러니까, 안 져요."

"……후타바의 마음속에서는 그게 직결되어 있구나. 그래, 알았어."

잘 알았다. 즉, 이렇게 말하면 되는 거다.

"기고만장하지 말라고. 베테랑과의 차이가 뭔지 보여 주겠어."

"바라던 바."

아아, 정말. 이 녀석 엄청 기뻐 보이네.

"슬슬, 돌아가지 않으면, 타마키 선배가 무서워요."

"그러게."

자리에서 일어난 후타바의 머리가 바닷바람에 닿아 확 퍼졌다.

그걸 보고, 문득 생각했다.

"야, 후타바. 안경을 콘택트렌즈로 바꾸고, 머리도 짧게 자르고 그래봐. 밝은 느낌으로 이미지 체인지를 하면 현실의 대우도 바뀌지 않을까?"

확실히 어른스러워 보이지만, 그건 외모의 문제가 크다고 생각하거든.

말투는 몰라도, 그쪽은 어떻게든 될 것 같다.

"아키야마한테라도 상담해보면 무척 밝은 캐릭터로 개조해줄 것 같은데."

"……선배."

그녀는 하아~ 하고 진심으로 어이없다는 한숨을 내쉬었다.

"이거, 마음에 들어서 하는 건데요."

"죄송합니다!"

그러게! 마음에 들었으니까 이러고 있는 거겠죠! 생각 없이 말해서 죄송합니다!

"배려심이 없어요."

"지당하신 말씀입니다!"

"외모에 신경 쓰지 않는다고, 생각했어요?"

"생각하지 않았습니다! 실언이었습니다!"

여자아이에게 이미지 바꾸지 그래? 라고 경솔하게 말하는 게 아니었다!

그렇지. 나처럼 적당히 사는 게 아니라, 저쪽도 확실히 생각해서 저 스타일을 유지하는 거겠지!

"저기…… 루시안하고 미캉이 둘이서 바다를 보고 있어요! 이건 안 돼요! 라고 생각해서 보러 왔는데……."

별장 쪽에서 찾아온 아코가 우리를 의아하게 바라보며 말했다.

"……무슨 일 있었나요?"

"묻지 말아 주세요."

"남편의, 교육이 필요."

"그만둬!"

††† ††† †††

"좋아, 전원 모였구나!"

후타바 다음으로 샤워를 하고 돌아오자, 마스터가 기다렸다는 듯이 말했다.

"그럼 지금부터! 오늘 밤의 저녁 식사 만들기를 시작한다!"

"편의점으로 때워도 되는데요. 함대전 연습하고 싶어요."

"그, 그렇게 말하지 마라. 연습은 어제까지 실컷 하지 않았나."

"여기까지 와서 편의점 도시락은 좀 시시하잖아."

실전을 앞두고 연습하고 싶은 마음은 이해가 가지만, 여기까지 왔으니까 제대로 된 걸 먹고 싶긴 하지.

"마스터, 올해는 뭘 만들 건가요?"

"카레다!"

마스터는 터엉! 하고 고기, 감자, 양파, 당근 등이 들어간 봉투를 내려놨다.

준비가 투철하다니까.

"카레인가요…… 그렇군요, 알겠습니다!"

아코가 양파를 하나 들어서 그걸 쭉 내밀었다.

"승부예요, 슈슈! 요전에 먹었던 그 카레를 능가하는 요리를 만들어 보이겠어요!"

"윽…… 괜찮나요? 아코 언니. 이런 향신료도 제대로 없는 곳에서 맛있는 카레를 만들 수 있을까요!"

"저는 몰라도, 마스터를 얕보면 안 된다고요!"

아코가 마스터를 슬쩍 가리켰다.

그에 응하듯이—.

"물론! 커민! 고수! 가람 마살라! 그 밖의 향신료도 얼추 주방에 준비되어 있다!"

"뭣…… 좋아요! 그럼 나도 만들래요! 카레를 먹고 비교해 보는 걸로 승부해요!"

"심사위원은 루시안에게 부탁할게요!"

"그러니까 나를 심사위원으로 하면 아코의 승리가 될 거라고 했잖아……."

딱히 상관없긴 하지만.

"그럼, 저는 견학."

후타바는 못 말리겠다는 듯이 의자에 앉았다.

그러게. 이렇게 되면 아코와 미즈키 외에는 다들 잡일과 심부름을…… 그렇게 생각했는데—.

"둘 다 물러!"

조그만 그림자가 감자를 강하게 쥐며 말했다.

"굴욕의 여름으로부터 1년, 치욕의 밸런타인으로부터 반년. 나는 변했어!"

두 사람 사이에 끼어든 세가와가 외쳤다.

"이 승부, 나도 참가하겠어!"

에, 에에엑……?!

"진짜……냐……?"

"아카네, 괜찮아……?"

"너희, 그 즉각적인 리액션은 대체 뭐야!"

그런 말을 해도, 전과가 너무 많잖아!

"또 터무니없는 오리지널 레시피를 고안해 버린 게 아닌가 의심스러워서."

"그렇지 않아! 마스터한테 카레라는 말을 듣고, 둘이서 사전 연습도 했으니까!"

"오오, 그렇게까지 한 건가."

그럼 의욕이 남다르겠네.

"바로 그거다!"

당근을 번쩍 들어 올린 마스터가 말했다.

"지금의 우리는, 카레를 조리하는 것도 결코 불가능하지 않은 거다!"

"이런 말 하기는 좀 그렇지만, 이제 성공률은 절반 정도까지 올라갔어!"

"50퍼센트냐?!"

"처음 만든다고 해도 어지간하면 실패하지 않는데요……."

아코는 벌써부터 안색이 창백해졌다.

그러게. 이것까지 말하기는 좀 그렇지만, 나라도 실패하지 않고 만들 수 있거든?

"저, 저기, 저희가 만들게요. 네?"

"선배는 가만히 있어도, 되는데?"

"그렇게 말하지 마. 모처럼 숨김맛도 준비해서 왔는데."

"맞다. 레어 아이템을 가져왔다."

"또요?!"

"배, 밸런타인의 악몽이 또다시……."

미즈키, 너는 중간에 도망쳤잖아.

"그래서, 이번에는 뭘 가져왔어?"

"평범한데? 봐, 사과랑 벌꿀, 요구르트에 초콜릿!"

어라? 카레의 숨김맛이라고 하면 떠오르는 것들뿐이다. 의외네.

"……평범하네."

"그렇지? 나도 괜히 어레인저 아카네라고 불리는 게 아니라니까."

"……저기, 슈."

그러나, 아코가 세가와가 가져온 재료를 보더니 덜덜 떨면서 말했다.

"양이…… 많지 않나요……?"

듣고 보니―.

사과 여섯 개에, 벌꿀은 중간 크기의 병이 두 개.

요구르트가 세 팩에, 초콜릿은 대용량 박스가 두 개.

뭔가 확실히 많은데? 모두 다 하나면 충분할 정도일 텐데.

"에이, 그래도 이번에는 8인분이잖아? 그런대로 양이 필요할 거라고."

"그렇다고 그걸 전부 넣으면 그냥 간식이 되어 버리잖아요!"

"괜찮다니까. 조절할 거야."

"핫핫핫! 걱정할 것 없다."

게다가 마스터가 품에서 뭔가를 꺼냈다.

"단맛이 강하다면, 내 비책을 사용하면 된다. 봐라!"

그렇게 말하며 들어 올린 것은, 새빨간, 오로지 새빨갛기만 한 병이었다.

"매운맛의 단위로 스코빌이라는 게 있는데, 이건 놀랍게도 1M 스코빌을 뛰어넘는 매운맛을 감춘 소스! 이른바 데스 소스라는 거다!"

"뭘 가져온 건가요오오오오오!"

우와, 또 과금으로 어떻게든 하려고 했어!

"쿄우 선배. 스코빌이라고 해도 잘 모르거든?"

"그렇겠군. 타바스코의 매운맛이 2k에서 5k 정도였을 거다."

"근데 1M이라고?! 핥으면 죽지 않아?!"

"바보 아닌가요?! 정말로 바보 아닌가요?!"

"아코한테 두 번이나 바보 소리를 들었어?! 오빠한테도 들은 적이 없는데!"

"어째서냐?! 뭐가 바보라는 거지?!"

"달다고 해서 매운맛을 더해 봤자 중화되지 않고, 숨김맛의 종류가 너무 많고, 데스 소스 같은 건 아무리 해도 숨겨지지 않고, 아아~ 정말! 뭐부터 말해야 하는 건가요!"

아코는 아우아우 하면서 울상을 지었다.

"이런 걸 넣고, 먹을 수 있는 걸 만들 수 있어……?"

그 뒤에는, 오늘 밤의 저녁 식사가 끝장났다는 표정으로 미즈키가 떨고 있었다.

"이렇게 되면…… 슈슈."

아코가 미즈키에게 눈짓했다.

"응."

미즈키도 수긍하고는 둘이서 동시에 움직였다.

"서둘러 만들 테니까! 언니, 뒷일은 부탁해요!"

"맡겨주세요! 새언니로서 두 사람은 절대로 들여보내지 않겠어요!"

아코가 두 사람이 부엌에 들어오려는 걸 가로막았고, 미즈키가 재료를 안고 달리기 시작했다.

"어째서야! 조금 정도는 괜찮잖아!"

"연습의 성과를 발휘하게 해다오!"

"그 연습, 저희가 보는 곳에서 해주세요! 슈랑 마스터가 둘이서 해도 의미 없으니까!"

입구를 사수하는 아코와 돌파를 시도하는 두 사람이 말다툼을 시작했다.

우와, 이거 대참사잖아!

"대소동이네."

아키야마는 느긋하게 그 모습을 바라봤다.

어라? 이 녀석은 요리 잘하는 편 아니었나?

"한가하면 미즈키 좀 도와줘."

"어? 내가 만들면 고기감자조림이 되는데?"

"농담이지?!"

"농담이야, 농담~."

깜짝 놀랐네!

이런 부분에서 어벙하게 굴 녀석이 아니지!

"하지만, 미즈키가 생각한 느낌으로 가지는 않을걸."

"평범한 것하고는 다른 거야?"

"그게, 소바집 카레 같은 느낌?"

"일본풍인가……."

맛국물 맛이 나는 건가.

향신료로 만드는 미즈키와는 맞물리지 않는 맛이 될 것 같다.

"그럼 채소 껍질이라도 깎아 줄까?"

과일용 칼을 든 아키야마는 미즈키가 놔둔 당근을 들었다.

"그럼, 나도 할까?"

주변에 식칼도 있으니까.

우리가 움직인 뒤에도 세 사람은 주방 입구에서 계속 다퉜다.

"알았어. 쓸데없는 짓은 안 할 테니까, 도와주기만 할 거니까 들여보내 줘."

"정말인가요? 거짓말 아니죠?"

"조금은 날 믿어봐. 그보다 이대로 가면 모처럼 가져온 숨김맛이 아깝잖아. 절반 정도는 쓰게 해줘도……."

"절반이나 넣으면 그냥 단 수준이 아니게 된다고요오오오!"

"거기서 나의 데스 소스를—."

"그만하지 않으면 저도 화낼 거예요?!"

힘내라, 아코……!

"북적북적해서 좋다냐."

테이블에서 껍질을 벗기기 시작한 우리를 바라보던 선생님은 느긋하게 맥주 캔을 들며 말했다.

이 사람, 완전히 늘어져 있어……!

"선생님. 요리를 학생에게 맡기고 술인가요?"

"실례다냐! 이래 봬도 일하는 중이다냐!"

선생님은 울컥하며 캔을 휘둘렀다.

"보라냐! 이건 논 알콜이다냐!"

완벽하게 세이브다냐! 하고 주장하고 계신다.

아, 학생한테 요리를 시키고, 자기는 논 알코올을 마시면서 일하는 중이라고 주장하는 건가…….

"……유이 선생님, 결혼은 머나먼 일 같네~."

"냐아아아앗?! 어째서 그런 말을 하는 건가냐아아아아!"

"반박을 하고 싶으시면 당근을 깎아 주세요. 여기요."

"감자칼이 있으면 어떻게든 할 수 있지만……."

"식칼로!"

"냐우우우우……."

이쪽도 이쪽대로 왠지 큰일인데?!

신부 수업을 하는 사람한테 붙잡힌 선생님이 식칼 쓰는 방법을 배우고 있어!

"……."

조용히 지켜보던 후타바가 나지막하게 말했다.

"정말, 너무 재밌어."

즐겨주고 있어서 다행이네, 젠장!

††† ††† †††

"싸움을 시작하기 전에, 최종 확인을 하자."

마스터가 심각하게 무거운 목소리로 말했다.

하지만 그 손에는 사과가 담긴 접시를 들고 있어서, 뭐라 말 못 할 느낌이 드는데…….

"지금부터 우리는 후타바 미캉 입부를 건 결전을 벌인다."

"네."

후타바는 요구르트를 마시면서 끄덕였다.

"이 승부는, 함대전에서 먼저 격침당한 쪽이 패배하게 된다. 누구도 격침당하지 않고 싸움이 끝난 경우에는, 격추시킨 배가 많은 쪽이 승리한다. 함대전 자체의 승패는 서로의 실력과 동떨어진 결과가 나올 수 있기 때문에 고려하지 않는다. 이거면 되겠지?"

"오케이, 예요."

격추시킨 배를 계산에 넣자고 제안한 것은 후타바였다.

도망치다가 무승부가 되면 납득할 수 없다면서, 서로 전투에 참가하지 않을 수 없는 조건을 달게 되었다.

함대전의 승패는 우리로서는 어찌할 수 없는 부분이기에, 승패에 고려하지 않기로 했다.

그래도 밀리면 밀릴수록 격침당할 가능성이 올라가니까, 중요한 요소이긴 하지만.

"회선 상태나 PC 스펙, 구두로의 정보 교환 여부 등, 대전 상황을 똑같이 만들기 위해 이 별장까지 온 거다. 우리는 이 방을 사용할 테니, 너희는 맞은편 방을 사용하도록. 설비 중에 잘 모르는 점이 있다면 말해다오."

"무선 랜하고 평소 쓰던 노트북을 쓸 거니까 괜찮아요."

"괜찮아요."

"그, 그런가? 그럼 상관없다만."

노트북으로 함대전의 부하를 견딜 수 있을까?

아니, 방심하면 안 된다. 분명 저쪽도 생각이 있을 게 분명하니까.

"그럼, 정정당당히……."

"승부예요."

지금부터는 적이다. 다음에 만나는 건 승패가 정해진 뒤.

우리는 복도에서 헤어져서 각자 방으로 들어왔다.

어딘가 긴장된 분위기로 차가운 의자에 앉았다.

"그럼…… 해볼까!"

"맞힐 거야~ 맞힐 거야~ 마구 맞힐 거야~!"

세가와와 아키야마는 평소 부실과 같은 위치에 앉아서 의욕을 불태웠다.

"큭큭큭, 앨리 캣츠가 비상할 때다. 발렌슈타인처럼 소인원이지만 유명한 길드로서 이름을 알릴 첫걸음이다!"

"선생님은 그냥 저쪽 팀을 도와줘도 됐을 것 같은데냐."

야망에 불타는 마스터와, 자신의 위치를 고민하는 선생님.

그리고…….

"……이 승부, 무슨 의미가 있는 건가요?"

아코가 전부 엉망이 되는 말을 꺼냈다!

"너 막판에 와서 무슨 소리를 하는 거야!"

"그, 그치만~! 미즈키는 가끔 언니라고 불러주게 되었고, 미캉은 이미 녹아들었으니까, 딱히 싸울 필요는 없잖아요!"

"그야 그렇지만!"

미즈키는 여전히 고집을 부리는 부분을 제외하면 아코를 인정해 준 모양이고, 오늘 하루 함께 지내면서 후타바가 완벽하게 녹아든 것도 확인할 수 있었다.

승패가 어찌 되든, 우리가 슬퍼할 결과로 끝날 일은 없다.

그런 의미에서는 싸울 의미가 없다. 그렇지만—.

"그래도, 어차피 전력으로 할 거잖아?"

"……하겠지만요."

정곡을 찔렸다는 표정이다.

딱히 의미가 없어도, 결과가 변하지 않아도, 후배에게 조금 잘난 척할 수 있다는 약간의 보상만으로도 전력을 다한다.

게이머는 그런 법이다.

그리고 그런 우리니까, 후타바도 동료가 된 거다.

"그럼 아코, 이기자. 믿고 있을 테니까."

"네!"

컴퓨터를 켜고 게임에 로그인했다.

후타바가 말하는 다른 세계에서, 승패를 가르는 싸움이 시작됐다!

결전의 배틀 필드인 대뇌운(大雷雲) 맵에 도착하자, 이미 적과 아군이 대부분 모여 있었다.

조금 여유롭게 왔는데, 다들 집합이 빠르네.

"설마 이런 형태로 목적지에 올 줄은 몰랐어."

"이 안에, 라퓨타가……."

"엘더즈 가든이야!"

"여기가 용의 둥지, 인 건가냐……."

"유이 선생님까지?!"

눈에 들어오는 건 대량의 비행선뿐만이 아니라, 맵의 3분의 1을 차지한 거대한 뇌운이었다.

이 대뇌운 맵은 부유대륙 수색 퀘스트의 최종 목적지로, 이 안 어딘가에 대륙이 있다고 한다.

아직 상륙 방법은 널리 알려지지 않았지만, SNS에 스크린샷이 올라오기도 해서, 적어도 어딘가에 상륙 장소가 있는 건 틀림없는 모양이다.

◆†검은 마술사† : 여어, 늦었네. 오지 않으면 어쩌나 걱정했어ㅋ

옆으로 이동해 온 엔터프라이즈호에서 검은 마술사 씨의 채팅이 날아왔다.

진지하게 걱정했는지, 식은땀 감정표현까지 나왔다.

◆†검은 마술사† : 낮의 회의에도 안 왔던 것 같은데.

◆애플리코트 : 미안하다. 길원들과 함께 바다에 왔다.

◆†검은 마술사† : 바다라니…… 현실에서?

◆애플리코트 : 물론이지. 무척 즐거운 하루였다.

◆†검은 마술사† : 너희는 정말 즐거워 보이네ㅋ

크게 웃는 감정표현까지 나왔네.

그렇게 웃을 일인가?

◆†검은 마술사† : 그럼, 적인 공적 함대는 며칠 전부터 저기에 진을 치고 있어. 녀석들이 대뇌운을 등지고 포진한 이상, 포위할 수는 없지.

대뇌운 안은 항상 폭풍이 몰아쳐서, 안으로 들어가면 폭풍 대미지에 번개 대미지를 받아 점점 내구도가 떨어진다.

저기에 진을 치고 있으면, 이쪽은 배후를 치지 못하게 되는 거다.

그래서 서둘러 확보해 둔 거겠지.

◆루시안 : 반대로 말하면 배수진이잖아.

◆†검은 마술사† : 그들은 질 생각이 전혀 없는 거겠지ㅋ 그렇겠지. 공적이야 다들 의욕이 넘치는 녀석들이니까.

그리고 저 안에 있을 후타바도 조금도 질 생각이 없을 거고.

◆†검은 마술사† : 그럼, 시간이 없으니 회의에서 정해진 건 게임 내 메일로 보내놨어. 너희에게 해줄 말은 하나뿐이야.

◆애플리코트 : 음, 뭐냐?

◆†검은 마술사† : 마음대로 해줘.

바보 취급하는 게 아니라, 적당히 하는 말도 아니라, 정말 말 그대로의 의미로 들리는 말이었다.

"무슨 뜻이야?"

"글쎄, 모르겠다만…… 메일이 왔구나."

화면을 바라본 마스터가 흠흠 하고 끄덕였다.

"작전은 단순, 적 기함, 구스타프 아돌프호를 격추하는 거다."

"한 방으로 끝낸다는 거네."

"음. 이번 싸움은 공식 대회가 아니다. 사전에 참가자를 모집하기는 했지만, 난입도 가능하고, 격파당한 후 다시 복귀도 가능한 프리 룰이지. 상대의 전멸을 승리 조건으로 하는 건 현실적이지 않아. 그래서 공적 측에서 기함을 정하고, 그걸 격파하는 걸로 승패를 가리자는 제안을 했다."

그건 사전에 들었다.

일반 필드에서의 싸움인지라 도망칠 수도 있고, 늘어날 수도 있다.

제대로 참가하지도 못하고 죽는 건 슬프니까, 이 맵 밖에서 전투하는 건 가급적 피하자는 협정도 정해졌다. 다시 싸울 마음만 있으면 당할 때마다 수리해서 돌아올 수도 있다.

누군가가 전멸할 때까지 하는 건 무리라고 생각해서 타협한 의견이었다.

"저쪽의 기함은 구스타프 아돌프호. 우리 PKK 함대의 작전은, 기회를 봐서 녀석들에게 집중포화를 날려 격파하는 거다. 틈이 생기면 강습 승선해서 발을 묶기도 한다."

"그렇구나. 저 녀석들, 인원이 적으니까 어떻게든 올라타기만 하면 싸우는 동안에는 조작하지 못하게 되네."

"음. 짧은 시간이라도 집중포화를 날릴 수 있으면 격침시킬 수 있을 거라고 판단했겠지."

알기 쉬워서 좋은 것 같긴 하지만……

"그거, 단순한 이상론이잖아."

근육뇌면서도 의외로 두뇌파인 세가와가 그렇게 말하며 눈살을 찌푸렸다.

"그야 다같이 공격하면 이길 수 있겠지만, 어떻게 그 상황에 몰아넣는지가 문제 아냐?"

"으~음. 기함을 격추시키면 승리로 하자는 말을 꺼낸 건 저쪽이지? 분명 똑같은 생각을 하고 있을 거야~."

"공적이 PK에 더 익숙하니까 강습 승선해도 유리하지는 않을 거고, 대충 싸운다고 이길 수 있을까?"

"그렇단 말이지~."

아키야마도 복잡한 표정이다.

뭐, 생각처럼 되지는 않겠지.

"마스터, 집중포화를 위한 작전은 정해지지 않았어?"

"잘 안 된다는 걸 알았을 때 다른 작전을 세우지는 않았나요?"

"그쪽은 상황에 따라서 고도의 유연성을 유지하며, 임기응변으로 대처하게 되겠지."

"그건 즉, 그냥 부딪쳐 보자는 거 아닌가요?!"

"어쩔 수 없다. 급조된 함대로 제대로 된 작전 행동이 가능할 리가 없으니까."

마스터는 어깨를 으쓱했다.

"그렇기에 마음대로 하라고 한 거다. 왜냐하면 우리의 임무는 자유롭게 행동하는 떨어진 적함을 타격하여 예측하지 못한 사태를 막는 거니까."

"단독 행동하는 유격함인가~."

"어울리는 임무네. 괜찮지 않아?"

"그런데 얘들아, 상대 기함은 알게 됐지만……."

살짝 고개를 갸웃한 선생님이 물었다.

"우리 기함은 어느 배니?"

"어느 거냐니……."

"그야 물론, 저거잖아."

◆†클라우드† : 고양이공주 씨의 이름을 걸고! 이 깃발이 땅에 떨어지는 건 용납할 수 없다!

◆유윤 : 우오오오오오오!

◆카보땅 : PC 뚝뚝 끊기지만 해내겠어~!

◆루인 : 우리의 기함, 퀸 고양이공주호를 지켜라~!

"물론, 퀸 고양이공주호가 우리 기함인데요."

"어째서인가냐아아아아아!"

"장갑이 엄청 두껍고, 동맹함을 지원하는 능력을 가진 파츠를 탑재한 희귀한 대형함인지라, 기함으로 이보다 더 어울리는 배는 없어요."

"아무리, 아무리 그래도오오오오오……."

1천 명이 넘는 플레이어가 참가하는 큰 이벤트에서 자기 이름을 가진 배가 기함이 되었다— 대체 어떤 기분일까.

어떤 의미로는 우리보다 훨씬 버거운 포지션에 있는 것 같다, 고양이공주 씨.

"위험했다냐…… 공적 측에 참가했다면 배신자라는 레벨이 아니었다냐……."

"이쪽에 와서 다행이네요."

"자, 슬슬 시작 시간이다. 집중해라."

마침 시간이 됐는지 채팅도 북적북적해졌다.

◆바츠 : 오, 잔챙이들이 목을 들이밀고 왔구만ㅋ

◆호무콘 : 제대로 좋은 파츠 달고 왔나요? 우리가 받아갈 테니 잘 부탁함다ㅋ

◆디 : 부모님 목소리보다 많이 들은 도발, 감사ㅋ

◆호무콘 : 내가 말하는 것도 좀 그렇지만, 좀 더 부모님 목소리 들으라고ㅋ

도발하네, 도발해.

우리는 별로 하지 않지만, 개전 전에는 이렇게 도발하는 것도 싸움 중 하나겠지.

말다툼을 하는 사이, 서로의 전의가 점점 올라가는 느낌이 드니까.

◆바츠 : 좋았어, 시간 됐다! 사냥감투성이다. 가자, 이놈들아!

◆†클라우드† : 고양이공주 님의 가호가 우리를 지킨다! 때려눕혀라!

공식 대회 같은 신호는 없었지만, 그보다 훨씬 뜨겁고도 뜨겁게!

대함대전의 막이 올랐다!

††† ††† †††

"적 함대의 잭 O 원턴호, 인생 쓰리 번트 스퀴즈호, 하얀 여우와 너의 너구리호 굉침! 우리 쪽은 모차렐라 고스트호, 스페이스 샤크호 굉침, 오버 에지호가 후퇴해서 수리에 들어갔어요!"

전황 채팅을 확인하던 아코가 필사적으로 보고했다.

"이후에는 너구리 씨의 온수 세정호가 3분 후에 전장으로 돌아와요. 근데 도중에 적의 대형선이 두 척 목격돼서…… 정말, 보고를 쫓아갈 수가 없어요~!"

아코가 우는소리를 했지만, 미안! 이쪽도 바빠!

"미안, 나도 한계야! 비스듬하긴 하지만 공격 범위에 들어가겠어!"

"맡겨둬…… 지금!"

포탄이 눈앞을 날아가는 중형선에 직격했다.

하지만 커다란 대미지는 되지 못했고, 적은 그대로 본진

쪽으로 도망쳤다.

"크리 안 들어갔어! 한 방 더 쏘면, 아마……."

"안 된다. 이 이상 돌출은 허가할 수 없어. 돌아간다!"

"알았어. 본진으로 돌아갈게. 미안, 아키야마. 내가 제대로 정면으로 틀었다면……."

"바로 뒤에 다른 한 척이 경계하고 있었으니까 어쩔 수 없어. 충분해, 충분."

"게다가 우리만 여덟 척을 격침시켰잖아? 대전과라고."

"미캉네 배는 아직 어디에도 안 나왔죠? 이대로 양쪽 다 격추되지 않으면, 우리의 승리네요."

전투가 시작된 지 30분이 지났다.

유격으로 나와 있는 우리는 계속해서 싸워 온 결과, 이미 상당수의 적선을 격추시켰다.

"전선에서 버티는 엔터프라이즈호는 열네 척 격침이다. 에이스라고는 말하기 힘들군."

"그래도 포포리호 확실히 제법이네, 라는 건 증명하지 않았어?"

"게시판에서 얻어맞는 건 피할 수 있을 것 같네."

응, 그건 진짜로 안심했다.

이상하게 대회에서 이름이 알려진지라, 제대로 하지 않으면 도발 대상이 된단 말이지.

"네. 채팅 사람들도 칭찬하고 있어요. 소형선인데 굉장하다고."

단지…… 하고 아코가 미묘한 표정을 지었다.

"그래서 조금 무서운 의견도 나오고 있는데요."

"무서운 의견이라니?"

"어차피 수리비가 싸니까, 꿍침을 전제로 하고 단독으로 돌격하라는 사람이……."

"멋대로 지껄이네. 그런 짓을 하면 미캉한테 지잖아."

"그런 사정은 모르겠지만…… 꽤나 과격한 의견이네."

"흠…… 흐름이 바뀌었나."

오, 마스터가 뭔가 의미심장한 말을 했는데?

"무슨 뜻이야?"

"아군 안에서 극단적인 의견이 나오기 시작했다는 건, 상황이 무르익었다는 뜻이다. 슬슬 전황이 움직이겠지."

"그럼 일단 중앙으로 돌아갈까?"

"음. 기함 옆으로 다가가자."

◆†검은 마술사† : 전황은 힘겹지 않다고는 할 수 없군.

함대 중앙에서 검은 마술사 씨가 이끄는 엔터프라이즈호가 응급 수리를 하고 있었다.

그는 돌아온 우리에게 분한 듯이 말했다.

◆†검은 마술사† : 적과 아군, 서로의 소모율은 동등해. 원래 전투함이 아닌 사람들도 애써주고 있어. 예상 이상의

전과라고 해도 좋아. 하지만······.

그는 시선 끝, 또 한 척 격침된 PKK 배를 바라봤다.

◆†검은 마술사† : 우리 쪽의 대부분은 일반 플레이어야. 함대전에 참가하는 해도, 그렇게 진지하지는 않아. 격침당할 때까지는 노력해 줄지도 모르지만, 대량의 소재를 들여 수리해서까지 복귀하려는 사람은 많지 않지.

◆애플리코트 : 반면 저쪽은 빡겜러들이 모인 공적 함대다. 한두 번 가라앉은 정도로는 꺾이지 않고 돌아오는 배가 많겠지.

◆†검은 마술사† : 그런 셈이야.

소모율은 같더라도, 그렇게 복귀하는 배의 차이가 숫자에 영향을 주고 있는 건가.

◆애플리코트 : 그 차이가 확실히 나타나서 흐름이 선명해질 때까지, 이제 시간이 없다.

◆†검은 마술사† : 여기가 분수령이야. 저쪽도 알고 있겠지. 공적 주제에 한 척씩 확실하게 격추하고 있어.

후우, 하고 숨을 내쉬는 감정표현 뒤, 검은 마술사 씨는 엄지를 척 들었다.

◆†검은 마술사† : 그래도 이쪽도 가만히 질 생각은 없어. 포격전을 이어가면서 슬금슬금 적 기함과의 거리를 좁히고 있거든. 때를 봐서 구스타프 아돌프호를 공격할 생각이야.

◆슈바인 : 그 녀석들, 예정과는 달리 후방에서 안 움직이니까······.

◆†검은 마술사† : 원래대로였다면 전선에 나오는 그들에게 집중포화를 날릴 예정이었는데 말이지. 하지만 오지 않는 이상, 이쪽에서 쳐들어갈 수밖에 없어.

◆애플리코트 : 거리는 꽤 가까워졌다. 녀석들에게 포화가 닿는 것도 시간문제겠지.

이 상태라면 기회는 있다. 마스터는 구름 저편을 보며 말했다.

"거리가 줄어들었다니…… 괜찮을까요?"

청색과 적색으로 가득 메워진 레이더를 바라보던 아코가 불안한 듯 말했다.

응, 그건 나도 생각하던 거다.

"왠지 불길한 예감이 든단 말이지. 뭐였더라, 아까 세가와가 그랬잖아."

"직접 전투가 되면, 저쪽이 강하다?"

"그래, 맞아. 거리가 너무 줄어들어서 접현하게 되면 이쪽이 힘겨워질 테니까."

바츠 일행에게 포격이 닿을 것 같다는 건 사실이지만, 그 녀석들도 알고 있는 건지 이쪽이 접근할 때마다 슬금슬금 물러나서 좀처럼 포격이 닿지 않는지라…….

"잠깐. 바츠네는 물러났는데도 상대의 전선은 물러나지 않고 있잖아?"

"유도당하고 있네. 위험하겠는걸."

아키야마가 그렇게 말한 직후, 공적 함대의 대부분이 급격하게 진로를 바꿔 함수를 돌려서 이쪽으로 돌진해 왔다.

이런, 늦었어!

"무리한 돌격을 감행했다고? 이래서는 먹잇감이 될 뿐인데?"

"아니야! 저 녀석들, 한두 발 정도 맞아도 되니까 난전으로 몰고 갈 생각이야!"

앞쪽부터 포격을 맞아서 몇 척이 불타올랐지만, 그래도 돌격은 멈추지 않았다.

기세를 올려 포격을 이어가던 PKK 함대가 계속해서 접현을 허용해 직접 전투에 들어갔다.

이대로 가면 한 척씩 나포당해서 아무것도 남지 않아!

"그런가. 슬금슬금 도망치던 바츠 일행을 쫓는 사이에 적 함대와의 거리 자체가 줄어들었군."

"아아, 정말. 이렇게 접근전이 되면 빡겜러들인 공적이 유리한데!"

◆슈바인 : 저 녀석들, 뭐가 기함을 격추한 쪽이 승리냐고! 처음부터 이쪽을 나포해서 전멸시킬 생각이구만!

◆루시안 : 저 바츠, 진짜로 바츠(×)네, 정말이지!

아아, 전선을 유지하던 배들이 점점 나포돼서 백기를 들고 있어!

어쩌지? 이대로 가면 패배 확정인데……

◆†검은 마술사† : 2분…… 고작 2분 만에, 스물다섯 척의

중형선과 대형선이 격침됐다고…….

　◆루시안 : 꽤 여유 있네요!

　◆†검은 마술사† : 유머를 잊으면 끝장이니까.

　그렇다고 농담할 때냐고!

　◆†검은 마술사† : 그나저나 이거 힘들겠는데? 나포당하면 한동안 복귀할 수조차 없어. 이대로 가면 함대가 전멸할 수도 있겠군.

　◆아코 : 지는, 건가요?

　◆애플리코트 : ……꼭 그렇다고는 할 수 없지.

　난전 너머, 몇 안 되는 호위함의 보호를 받고 있는 구스타프 아돌프호를 가리킨 마스터가 말했다.

　◆애플리코트 : 함대 대부분이 난전에 들어갔다. 기함을 호위하는 배는 많지 않아. 적 기함에 도착하기만 하면 일발 역전의 기회는 남아 있다.

　◆슈바인 : 그렇게 말해도 말이지, 저기까지 갈 수 있는 배가…….

　◆애플리코트 : 적어도, 한 척은 있다.

　확실히 있다.

　◆애플리코트 : 이 난전을 빠져나가, 포화를 뚫고 적 본진으로 들어가면…….

　◆루시안 : 남은 건, 한번 쓰러뜨렸던 구스타프 아돌프호를 가라앉힐 뿐, 인가…….

높은 가능성으로 이길 수 있다, 라고 말하기는 힘들지만, 결코 불가능하지는 않다.

◆†검은 마술사† : 해줘, 라고는 말하지 않겠어.

◆†검은 마술사† : 하지만, 그래. 그게 지금 유일한 가능성이야.

◆아코 : ……채팅에서도, 뒷일은 우리에게 부탁한다며, 당해버린 사람들이 잔뜩…….

◆슈바인 : 젠장…… 결국 이렇게 되냐.

이렇게나 많은 인원이, 대량의 자금과 시간을 들여 싸워온 함대전.

거기에 이기는가 지는가가, 우리에게 달렸다니…….

이런 건 싫으니까 안 나오려고 했는데…….

"그리고, 아직 발레타호의 모습이 보이지 않는다. 이 상황이 두 사람의 예정대로일 가능성도 있지."

"대기하고 있는, 거네."

"이대로 시합에서 져도, 미캉과의 승부에서는 이길 수 있잖아요. 그런데도, 적에게 가는 건가요?"

그 질문을 받은 마스터는— 아니, 선장은…….

"자신의 이익을 위해, 동료의 분투를 무(無)로 돌릴 수는 없다. 우리는 우리의 책무를 다한다!"

뭐, 그렇게 말하겠지.

이러지 않으면 우리의 리더가 아니야.

"선장이 그렇게 말한다면야, 어쩔 수 없네."

"그러게. 해볼까?"

"마침내 포포리호도 첫 꿍침, 일까요."

"아코, 재수 없는 소리는 하면 안 돼."

"오히려 지금까지 살아있던 게 신기할 정도다냐, 각오를 다지라냐."

점점 줄어드는 PKK 함대, 자유로워지는 공적의 배.

퀸 고양이공주호에 적의 손길이 닿는 것도 시간문제다.

"그럼 제군. 이것이 우리의 마지막 싸움이다."

선장석에서 일어나 각자 자리에 위치한 우리를 돌아본 마스터가 말했다.

"조타수, 루시안!"

"언제든 갈 수 있어!"

"레이더 요원, 아코!"

"바츠 씨네의 위치, 확실히 확인하고 있어요!"

"측량, 근접전 슈바인!"

"적의 기함까지 최단 거리로 6000 정도려나? 확실히 보고 있어."

"포수, 세테!"

"반드시 크리 터뜨릴 거야!"

"대미지 컨트롤, 고양이공주 씨!"

"일격으로 가라앉지만 않는다면, 어떻게든 해보겠다냐."

전원의 대답을 듣고 고개를 크게 끄덕인 마스터가 명했다.

"포포리호, 최대 선속! 적 기함, 구스타프 아돌프호를 격추한다!"

"알았어! 아코, 적의 배치는?"

"어어, 그게…… 비교적 오른쪽이 나아요!"

"난전을 빠져나가서 오른쪽 사이드로 돌격할게! 격추되면 미안!"

"쓰러뜨리고 격추되거나 쓰러뜨리기 전에 격추되거나의 차이잖아. 화려하게 가자."

"고~ 고~!"

포포리호가 화면이 일그러질 정도의 속도를 내며 구름을 갈랐다.

◆너구리 선장 : 뒷일은 맡긴다구리~!

◆†클라우드† : 고양이공주 님, 저희의 마음과 함께!

◆†검은 마술사† : 이쪽도 포기하지 않겠어. 어떻게든 승리를!

모두의 채팅을 등지고, 익숙하지 않은 PvP를 하다 나포되는 함대 사이를 빠져나와 더욱 앞으로 돌진했다.

"적선 발포! 포탄이 날아와!"

"지근탄! 괜찮아, 수리는 늦지 않는다냐!"

"그럼 이대로 갑니다!"

포탄이 몇 발 날아왔지만, 이쪽이 빨라서 제대로 조준을 못하고 있다.

그렇게 어떻게든 버티면서 더욱 나아갔다.

고작 수십 초 만에 난전 속을 빠져나와 탁 트인 운해로 나왔다.

진로 너머에는, 대뇌운을 등진 바츠 일행이 있었다.

저 녀석들을 쓰러뜨리면……!

"오른쪽에서 적의 대각선 후방으로 돌아 들어가서 단숨에 갈게! 사정거리에 들어가면 뒷일은 부탁해!"

"언제든 괜찮아!"

"접근하면 내가 바츠네 배에 뛰어들게."

"음, 1초라도 좋으니 시간을 벌어다오."

세가와가 씨익 웃었다.

"그냥 쓰러뜨려도 되겠지?"

"왠지 그거 오랜만에 듣네!"

"드래소만 제대로 맞으면 녀석들 따윈 별 거 아니라고. 맡겨둬!"

"측량이 사라지는 것도 곤란해. 헛되이 죽지는 말라고!"

이제 곧 적이 사정거리 안에 들어온다.

하지만 그런 것치고는, 상대에게 움직임이 없다.

무시하나? 아니, 한 번은 이겼던 우리가 오는데 그럴 리가—.

"레이더에 새로운 반응이 있어요! 빨갛고…… 작아요!"

적 함대에서 뛰쳐나온 소형선 한 척이 다가왔다.

이름은 전과 마찬가지로, 발레타호.

나와 아코도 협력해서 만든, 후타바와 미즈키의 두 번째 배였다!

"칫, 이 타이밍에……!"

"쟤는 선배를 상대로 정말 가차 없다니까!"

"지금까지 우리가 몇 척이나 격추하는 걸 보면서 참고 또 참았겠지!"

미캉과 미즈키는 그 울분을 풀기 위해서라는 듯이 이쪽으로 돌격했다.

"정면에서 와요!"

"정면으로 부딪치면 이쪽이 유리하다! 깨부수고 나아간다!"

"아니, 방심하지 마!"

예상대로, 이쪽의 사정거리에 들어오기 직전, 발레타호가 급격하게 진로를 바꿨다.

역시 동형함(同型艦), 농담 같은 스피드로 꺾네!

"우와, 대포를 겨누고 있어."

"대포 사정거리 안! 회피!"

"피할게!"

크게 우회해서 발레타호의 후방으로 돌아 들어갔다.

적함의 사정거리 안에 있던 건, 보통은 한 발 쏘는 게 고작인 시간이었다. 그런데도—

"포탄이 비처럼 쏟아지고 있어요!"

"냐아아아! 수리! 수리다냐!"

"대미지는 적지만, 짜증나네!"

역시 고순도 래피드 파이어포!

우리를 쓰러뜨리기 위해 두 사람이 고른 것은 바로, 연사 특화인 래피드 파이어포였다.

위력이 낮고 사정거리도 짧지만, 발사 대기 시간이 짧아서 아무튼 계속 쏠 수 있다.

"잠깐이라도 공격 범위에 들어가면 단숨에 화력을 쏟아부을 수 있어!"

"게다가 기동력은 저희하고 동등해요!"

"귀찮은 배를 만들었네!"

"운 좋게 크리티컬을 맞아서 마도 엔진이 멈추면, 이후에는 그냥 두들겨 패면 되니까!"

"평범하게 질 수도 있어요! 좋은 배네요!"

"왜 너희 둘 다 조금 자랑스러워하는데?!"

저 녀석들은 우리가 길렀다!

아니, 이런 말을 할 때가 아니지! 두 사람이 견제하는 바람에 구스타프 아돌프호에 접근할 수가 없어!

"큭, 루시안. 어떻게든 기회를 만들 수 없겠나!"

"힘들어! 후타바 녀석, 엄청 연습했어!"

섣불리 돌아 들어가면 순간적으로 감속해서 옆으로 나란히 서게 된다. 그렇게 되면 함수에만 대포가 있는 이쪽은 마구 얻어맞을 뿐이다.

속도에 차이가 없는 이상, 아무튼 상대의 옆으로 가지 않도록 움직일 수밖에 없다.

"아우우우우, 멀미 나요오오오오오!"

"움직임을 멈추면 격침돼, 참아!"

"젠장, 사격 타이밍을 잡을 수 없어! 앗! 외부인의 배, 방해야~!"

"이 속도에서는 사정거리에 잠깐 들어가도 못 쏴!"

◆바츠 : 왠지 너희들, 보고 있자니 마치 전투기의 도그파이트 같은 궤도인데?

◆미캉 : 사부의 가르침.

◆바츠 : 그럴 리가 있냐, 싸우는 법 같은 건 안 가르쳐 줬는데ㅋ

◆루시안 : 미안하지만 리액션할 여유 없어!

포포리호와 발레타호는 바츠네 배와 호위함을 중심으로 반원을 그리며 서로의 사거리를 스쳐 지나가듯이 교차했다.

◆루시안 : 그 배, 만든 지 고작 며칠밖에 안 됐잖아! 얼마나 연습한 거야!

◆미캉 : 설마 따라잡을 줄은 몰랐어요. 역시 선배, 사랑해요.

◆아코 : 뭐라고했죠?! 지금뭐라고했죠?!

◆미캉 : 거짓말이에요.

◆루시안 : 야, 이쪽의 정신을 어지럽히는 건 그만둬!

"젠장! 채팅을 하면 빈틈이 생길 것 같았는데, 역습 당했어!"

"이 상황에서 채팅 공격이라니, 그건 그것대로 가차 없구나. 루시안."

이쪽도 전력으로 쓰러뜨리려고 하고 있거든!

"움직임이 너무 빨라서 강습 승선도 무리네. 완전히 외통수야."

"가끔 기회가 있지만, 그때마다 적선이 견제하고 있어. 힘들어!"

"어쩌죠? 이대로 가면 고양이공주 씨의 배가⋯⋯!"

"크윽! 시간이 지나면 지는 건 이쪽이니까!"

"차라리 바츠네 쪽으로 돌격할까?"

"아무리 그래도 한 방으로는 못 쓰러뜨린다고. 포격해서 속도가 떨어졌을 때 후타바네에게 격추당할 거야."

"그러게! 이거 어쩔 거야!"

PKK 함대 본진은 점점 밀리고 있었다.

퀸 고양이공주호가 격추될 때까지 시간이 얼마 남지 않았다.

이럴 때는⋯⋯ 응, 그래.

"아코, 뭔가 작전 없어?!"

"제가요?!"

"평범하게 하면 질 것 같으니까, 이럴 때야말로 아코의 의견을 듣고 싶어!"

"어, 그게, 그게⋯⋯."

레이더를 보고, 맵을 보고, 그리고 맞은편 방, 미캉과 미즈키가 있는 쪽으로 잠시 시선을 돌린 아코가 말했다.

"저기 있는 뇌운으로 들어간다, 든가…… 어떤가요?"

"자살해서 어쩔 거야."

"짧은 시간이라면 괜찮을 것 같아서요."

바츠 일행이 등지고 있는 대뇌운은 항상 폭풍이 부는 공역이다.

오래 있으면 대형선이라도 떨어지는 곳이니까, 그걸 등지고 안전을 확보하는 거겠지만—.

"……불가능하지는, 않나."

"진짜로?"

"함께 뇌운에 들어가면, 상황은 반반이거나 조금 유리한 정도일걸."

적어도 배의 내구력은 파츠가 우수한 이쪽이 더 높다.

똑같이 기동전을 벌여도 이쪽이 이긴다.

"흠. 그녀들의 약점은 내구력, 경험 부족, 그리고 적은 인원인가. 그걸 찌르는 건 나쁜 선택은 아니로군."

폭풍 속에서는 아무튼 시야가 나빠진다.

저쪽은 두 명뿐이라 레이더를 보면서 배도 봐야 하고, 수리 스킬이 없는 만큼 긴급 수리 키트를 사용할 필요가 있다.

그렇게 되면 유리한 건 이쪽이다.

"하지만 그건, 미캉네가 뇌운으로 따라와야 하는 거잖아요?"

"……응. 밖에서 기다리고 있으면 끝장이야."

후타바와 미즈키가 우리를 쫓아서 뇌운에 뛰어들어 준다면 기회가 있을지도 모른다.

하지만 들어오지 않는다면, 상처를 입고 뇌운에서 나오는 우리는 더더욱 불리해질 것이다.

"어쩔 거야? 선장? 이대로 싸워? 뇌운에 돌격해?"

"흠……."

짧은 고민 뒤, 마스터가 결단했다.

"뇌운으로 들어가자."

"괜찮아? 상대에게 의존하는 도박인데?"

"홋, 저쪽은 우리가 돌진해 오는 것에 도박을 걸었다. 우리도 그녀들에게 걸어 보자."

도박이라…… 확실히 그렇군.

우리가 적진으로 돌격하지 않고 퀸 고양이공주호가 격침되는 걸 기다렸다면, 격추시킨 배 숫자로 이겼을지도 모른다.

하지만 우리는 함대의 승리를 위해 앞으로 나왔다.

그리고 후타바와 미즈키는 우리가 앞으로 나오기를 믿고 기다렸다.

"우리는 도망치지 않는다고 판단한 거다. 그럼 우리도, 상대는 도망치지 않는다고 확신하고 임한다. 결판은 용의 둥지에서 낸다!"

"오케이, 그렇게 정해졌으면 돌진할게!"

"용의 둥지로 향하자냐!"

"이런 상황인데, 선생님 기뻐 보이네."

그렇게 배의 진로를 꺾어서 대뇌운 쪽으로 돌진했다.

기동전을 하던 발레타호는 순간 주저한 것 같았지만—.

"……따라왔어요!"

"좋아, 왔다! 아직 기회가 있어!"

"하지만 대미지가 굉장하다냐! 수리, 수리다냐!"

"도울게요!"

폭풍 대미지, 그리고 번개 대미지가 포포리호를 덮쳤다.

요정을 혹사해서 수리하는 선생님을 돕기 위해 아코가 요정을 꺼냈을 때—.

"잠깐만, 아코. 내가 수리 키트 쓸 테니까, 포수 바꿔줘!"

"에에엑?! 어째서요?!"

무리예요, 무리예요! 라며 고개를 내젓는 아코에게, 아키야마가 조금 한심한 표정으로 말했다.

"이렇게 흔들리면 나는 못 맞춰. 이럴 때는 아코가 더 잘하니까. 응?"

"그러게. 크루저에서 사격 게임을 했을 때도, 보트 위에서 쐈을 때도, 아코는 맞췄으니까."

"그건, 우연히……."

"우연으로 맞지는 않지. 그래. 아코라면 할 수 있어."

자신감이 없어서 좀처럼 발휘되지 않지만, 아코의 집중력과 타이밍을 보는 센스는 결코 나쁘지 않다. 공성전에서 엑스댐을 썼을 때도, 보스전에서 힐러를 담당했을 때도 여차할 때는 확실하게 해왔다.

"하지만……."

아직 불안해 보이는 아코에게 아키야마가 이어 말했다.

"게다가, 나는 니시무라를 따라갈 수 없으니까."

"루시안에게, 말인가요?"

"응. 아까까지 몇 번 쏠 타이밍이 있었는데, 니시무라하고 호흡이 맞지 않네."

좀 더 친해져야겠어, 라고 웃으며 말을 이었다.

"그러니까 아코에게 부탁할게. 니시무라랑 가장 잘 통하는 건, 아코잖아?"

"……네."

아코가 결의를 다진 표정으로 말했다.

"알겠어요! 제가, 쏠게요!"

"그렇게 정해졌다면 서두르라냐아아아! 내구가 못 버틴다냐!"

네네, 알겠다고요!

서둘러 결판을 내야겠네!

"좋아! 잘 들어, 아코. 작전을 설명할게! 조금 도박수가 되겠지만, 지금까지의 경험으로 후타바의 행동을 예측해서—"

"괜찮아요."

"……엥?"

아코는 내 말을 가로막고는, 마우스를 쥔 내 손에 자기 손을 겹쳤다.

시원한 방에서, 아코의 손만이 열을 띤 것처럼 뜨거웠다.

그 열기를 목소리에도 담은 아코가 자신감 넘치는 목소리로 말했다.

"괜찮아요. 루시안에 대한 건 뭐든 알거든요."

"……좋아, 알았어. 간다!"

작전 설명은 없다!

평소에는 전혀 믿을 수 없는 녀석이지만, 이럴 때는 언제나 확실히 마무리를 지어 왔다.

그런 아코가 괜찮다고 하니까, 나는 그걸 믿겠어!

"방향 꺾는다! 멀미하지 마!"

좌현으로 도는 버튼을 연타했다.

이쪽의 뒤를 따라오는 발레타호를 향해 180도로 턴했다.

물리적으로는 있을 수 없는, 속도를 전혀 죽이지 않은 유턴이었지만―.

그래도 같은 배를 타고 있는 후타바라면 분명 반응할 거다.

"루시안, 이러면 사정거리에 들어오기 전에 피할 거다!"

"그렇겠지!"

지금 포포리호와 발레타호는 서로 마주 보고 나아가고 있다.

이대로 접근하면 주포를 쏠 수 있지만, 분명 후타바는 이쪽의 사정거리에 들어오기 전에 진로를 바꿔서 우리의 공격 범위를 벗어나며 자신의 사정거리 범위에 넣으려 할 것이다.

"아까까지의 도그파이트로 알아냈어. 너희의 특기는 좌현 측 포격이야."

이 폭풍과 번개, 좁은 시야에 믿을 수 있는 건 레이더뿐인 상황.

반사적으로 잘하는 움직임이 나올 거다.

지금까지의 싸움을 통해, 기회만 되면 좌현 측에서 쏘려고 한다는 걸 알아챘다.

그러니까, 후타바는 오른쪽으로 진로를 바꿔서 피하려 할 거다.

분명 그럴 거다. 하는 쪽에 건다!

"더욱 꺾을 거야! 우현으로 힘껏!"

"잠깐, 진짜로?!"

"에에엑?! 나란히 가게 되면 어쩔 거야?!"

"몰라! 운이 나쁜 거겠지!"

수읽기가 빗나가서 후타바가 왼쪽으로 꺾는다면 포포리호와 발레타호가 나란히 가게 된다. 그러면 포격의 비가 쏟아져서 우리는 끝장이다.

그렇게 되면 몰라! 어쩔 수 없지, 어쩔 수 없어! 그런 일도 있는 거겠지!

하지만 다행히, 그렇게 되지는 않았다!

"적함의 진로, 오른쪽으로 틀었다! 이쪽과 반대 방향이다!"

"좋아, 노림수 그대로!"

마주 보던 상태에서 양쪽이 각자 오른쪽으로 돌아, 서로 진행 방향이 정반대가 되었다.

이대로 나아가면 점점 거리가 벌어진다. 게다가 우리의 진행 방향은 뇌운의 출구다.

당장 탈출해서 뒤에서 튀어나오는 발레타호를 기다리거나, 구스타프 아돌프호를 덮칠 수 있다.

그걸 알고 있는 발레타호는 당장 우리처럼 180도 턴해서 서둘러 우리를 쫓을 것이다. 분명 그럴 것이다.

그렇기에, 이게 마지막 기회!

여기서 다시 한 번, 180도 진로를 바꾼다!

"간다, 이게 마지막이다!"

아까부터 화면 멀미를 일으킬 정도로 연속 턴을 하고 있다.

빙글빙글 움직이는 화면 너머에서 보이는 건, 뇌운 속에서 떠 있는 소형선.

나와 동시에 180도 턴한 발레타호가 정면, 지근거리에 있었다!

"—아코!"

그 말을 입으로 꺼냈는지, 꺼내지 않았는지, 그것조차 알 수 없을 정도로 똑같은 타이밍에—.

"루시안!"

아코의 목소리가 들린 동시에 화면이 격하게 흔들리며, 선수 초대형 캐러네이드포가 불을 뿜었다.

뇌운을 뚫고 날아간 포탄은 필사적으로 회피하려던 발레타호의 중심을 일격에 관통했다.

"앗……."

"직, 격……?"

◆슈슈 : 우우우, 앞으로 조금밖에 안 남았었는데!

◆미캉 : 역시 선배.

범위 채팅으로 그런 글이 떴다.

◆미캉 : 다음에는, 안 져요.

가라앉아 가는 발레타호…….

그걸 보고 겨우 실감이 났다.

그래, 이겼구나.

"이겼, 나……."

"해…… 해냈어요!"

아코가 의자에서 일어나더니―.

"루시안!"

나를 덥석 끌어안았다.

뭔가 생각할 여유도 없어서, 나도 그 등을 안아줬다.

"잘했어! 나이스샷!"

"화면이 어질어질해서 뭐가 뭔지 잘 몰랐지만, 그래도 루시안이라면 분명 여기일 거라 생각해서 쐈더니 맞아서……."

"아무래도 좋아, 맞으면 이기니까!"

"그러네요! 이겼어요! 뷰~티~풀~이에요!"

역시 나의 신부! 훌륭해! 사랑한다!

얼싸안고 기뻐하는 우리였지만—.

"……아코?"

세가와가, 승리의 기쁨을 날려버리는 떨떠름한 목소리로 말했다.

"너, 니시무라에게 달라붙으면 쓰러지는 거, 아니었어?"

"……어라?"

그 말에, 아코가 어리둥절하며 나를 올려다봤다.

그 얼굴은 조금 붉게 보이지만, 딱히 쓰러질 정도는 아닌 것 같았다.

"왠지, 괜찮네요."

"어떻게 된 거야?"

세가와는 어이없다는 표정을 지었지만, 아코는 오히려 납득한 표정으로 말했다.

"그게…… 뭐랄까……."

그리고는 내 몸에 기대듯이 체중을 실었다.

"봤을 때, 아아, 루시안과 마음이 이어져 있구나~ 싶었어요. 마음이 이어져 있으니까, 몸이 이어져 있어도 괜찮을 것 같은, 그런 느낌이 들어서……."

"알 것도 같고, 모를 것도 같고."

어려운 소리를 하네, 아코.

하지만 세가와는 한숨을 내쉬며 못 말리겠다는 듯이 어깨를 으쓱했다.

"그래그래, 오랜만에 부부의 공동 작업을 해서 감이 돌아온 거겠지."

"아, 그럴지도 몰라요!"

"협력 플레이 같은 건 오랜만이었지만, 그런 걸로 돌아오겠냐!"

그렇다면 좀 더 어려운 보스에 도전했으면 됐을 텐데!

"그, 그보다도 얘들아, 아직 안 끝났다냐."

그때, 수리를 연타하던 선생님이 다급하게 말했다.

"빨리 바즈네를 쓰러뜨리지 않으면 진다냐! 기뻐할 때가 아니다냐!"

이크, 그랬지!

승부에서는 이겼지만, 아직 시합은 남아 있었어!

"루시안, 진로를 북으로! 대뇌운을 나가자!"

"알았어!"

우리는 구스타프 아돌프호를 쓰러뜨리기 위해 운해를 뛰쳐나왔다.

그 앞에서 기다리고 있던 건—

◆바츠 : 수고했어ㅋ 역시 불초 제자로는 무리였구만ㅋ

타깃인 구스타프 아돌프호. 그리고……

◆†클라우드† : 죄송합니다! 고양이공주 니이이이이이임!

나포돼서 견인당하는 중인 퀸 고양이공주호였다.

"어, 어라? 어떻게 된 거야?"

"아앗! 죄송해요, 대포에 집중해서 채팅을 안 보던 사이에……."

"기함이 격추됐다, 는 거야?"

그렇다면, 즉―.

◆바츠 : 그래, 나의 승리ㅋㅋㅋ 이야~, 제자한테 상대하라고 시키고 그동안 본진을 박살내다니, 나 진짜 책사 아니냐ㅋㅋㅋ

◆코로 : 저 녀석들 진짜로 무리니까 무시하는 게 안정적이라고 하긴 했지만.

◆바츠 : 말하지 않으면 모르잖냐.

바츠 일행이 느긋하게 채팅을 나눴다.

그렇구나. 우리, 진 건가…….

"……전속력으로 이 공역에서 이탈한다. 여기서 격추당하는 건 재미없으니."

"응."

공적 함대를 피해 가속하면서 맵 밖으로 향했다.

◆바츠 : 어라? 어~이, 좀 더 뭔가 리액션 없냐?

◆애플리코트 : 격전 끝에 후배를 꺾고, 최고의 텐션으로 너와 결전에 임할 생각이었건만…… 네놈은 조금도 분위기를 못 읽는군.

◆바츠 : 그런 소리 해봤자 이게 승부잖아ㅋ

◆애플리코트 : 승부의 추세보다도, 나는 너와의 싸움을 더 기대하고 있었다.

◆슈바인 : 우리 선장은 말이지, 다음에도 반드시 이기자면서 너를 상대할 특훈까지 했었다고. 그걸 엉망으로 만들기는……

◆바츠 : 어, 어, 어어?

◆애플리코트 : 됐다, 슈바인.

◆애플리코트 : 싸움을 즐기려고 했던 게 우리뿐이었다면, 그걸로 끝이지. 훌륭한 전략이었다. 당당하게 개선하도록.

마스터는「잘 있어라」라는 말을 남겼다.

"그 말투, 왠지 불쌍하지 않아?"

"아니, 이거면 될걸? 게다가, 저거 봐."

◆바츠 : 아, 아~ 잠깐, 자, 잠깐만! 취소, 역시 취소!

◆바츠 : 이 녀석들 풀어줄 테니까, 여기서 결판내자고!

우와, 이 녀석, 나포했던 퀸 고양이공주호를 풀어 줬잖아!

"거봐."

"음. 역시 도발보다는 환멸하는 쪽이 더욱 자존심이 용납하지 못하는 모양이군."

"잠깐, 그거 너무하잖아! 순수한 남심(男心)을 뭐라고 생각하는 거야!"

이 악녀! 바츠가 불쌍하다고!

"이쪽은 정면승부를 하려고 했는데 저쪽이 도망친 거다.

한 방 먹여줘도 되지 않나."

"쿄우 선배도 대단한 여배우라니까~."

"홋홋홋, 연기에는 자신이 있지. 왜냐하면 교실에서는 매일 연기하니까!"

슬픈 말은 하지 않아도 돼!

◆코로 : 그래서는 못 이기니까 이런 작전으로 나온 거잖아.

◆미즈키 : ^^;

◆바츠 : 일방적으로 얕잡아보면서 끝나는 게 제일 열 받는다고! 야, 기다려! 도망가지 마!

소란을 부리는 바츠를 내버려 둔 우리는 맵 밖으로 날아갔다.

사실 전략적으로는 패했으니까, 저쪽이 더 굉장했지.

굉장했던 걸로 따지면······.

"후타바네, 강하더라."

"이쪽의 인원이 더 적었다면 지지 않았을까?"

"유이 선생님이 저쪽에 있었으면 폭풍 속에서 가라앉았을지도 몰라."

"음. 이건 칭찬해야 할 패배다. 말을 걸러 가볼까."

마스터가 일어나서 문 너머로 향했다.

그때, 그 문이 반대쪽에서 철컥 하고 열렸다.

"오빠! 봐봐! 봐봐, 봐봐!"

"굉장한 거, 찾았어요."

"어, 어어?"

패했는데도 왠지 엄청 들떴는데?!

"두, 두 사람 다 왜 그래? 아까는 좋은 싸움이었지만……."

"으, 응! 졌어! 엄청 분해!"

"분했어요. 일주일만 더 연습했다면 이겼을 텐데."

그렇게 말한 두 사람은 확실히 진심으로 분해 보였다.

단지, 그 이상으로 중요한 게 있다는, 그런 분위기다.

"하지만, 그건 그렇다 치고, 봐봐, 이거 봐봐!"

"뭐야, 노트북?"

미즈키는 무선 랜이 연결되어 있어서 여전히 레전더리 에이지의 게임 화면이 표시되어 있는 노트북을 보여줬다.

그곳에 비친 것은, 하늘에 떠 있는 거대한 섬.

꽃이 피고, 물이 하늘에서 떨어지고, 수많은 유적이 우뚝 솟은 부유대륙—.

"엘더즈 가든이야!"

"어떻게 찾아낸 거야아아아아!"

거짓말?! 함대전밖에 안 했는데, 어째서 부유대륙을 발견한 거냐고?!

"어딘가냐?! 어디에 있었던 건가냐?!"

고양이공주 씨가 몸을 내밀며 묻자 후타바가 의기양양하게 답했다.

"뇌운 속에서 격침돼서, 떨어진 곳에 있었어요."

"아마, 뇌운으로 들어와서 배에서 뛰어내리든가, 침몰한 뒤에 상륙할 수 있는 것 같아."

"아아앗! 그래서 상륙 방법이 퍼지지 않았던 거구나!"

그런 방법으로 상륙할 수 있다는 걸 알아채는 사람은 드물다. 그러니까 비밀로 해두고 아무도 말하지 않았던 거겠지.

"이번에 몇 명은 알아챘을 거야. 아마 바로 알려질걸?"

"큭, 뒤처질 수는 없다! 지금부터 부유대륙으로 향한다!"

"냣?! 이제 슬슬 늦은 시간이다냐. 아침부터 합숙이었으니까, 아이들은 잘 시간……."

"선생님! 라피타에 가고 싶지 않은 거야?!"

"……전원, 출격이다냐~!"

아아아, 고문 교사가 단숨에 꺾였어!

"루시안, 이 흐름은……."

"당연히, 아침까지 부유대륙 탐험이네!"

"그렇겠네요~."

내 어깨에 몸을 맡긴 아코가 곤란한 표정으로 웃었다.

"오랜만에 몸을 움직여서, 꽤 졸리는데요!"

"걱정하지 마, 오늘은 옆에 있을 테니까 중간에 곯아떨어지지는 않을 거야!"

"스파르타예요!"

비행선을 만들기 전부터 가려던 목적지에 마침내 도착하는 거잖아.

하루 정도의 철야는 감수하고 버티겠어!

"두 사람은 부유대륙에 있지? 그럼 현지에서 합류한다!"

마스터는 후타바에게 웃으며 말했다.

"미캉, 너는 현대통신전자 유희부의 부유대륙 상륙 제1호다. 자부심을 갖고 그 자리를 확보하도록!"

"——."

그 말을 들은 후타바는, 잠시 분한 표정을 지었지만—.

그래도 잠시 후에는, 천천히 고개를 끄덕였다.

"……네. 모두, 기다릴게요."

그리고 「단지」 하고 말을 덧붙였다.

"……그다지 졌다는 기분은, 안 드네요."

"그렇겠지! 함대전도 지고, 부유대륙도 추월당해서, 이쪽은 처참하다!"

마스터는 이겼는데도 분한 듯이 말했다.

"아직 시작한 지 반년밖에 안 됐는데도 당한 거다. 그 실력, 우리 곁에서 활용해 줘야겠다."

"……네."

후타바는 그렇게 말하며 힘껏 가슴을 폈다.

입부 축하해.

우리 중에서 가장 목적한 것을 달성한 건, 아마 후타바일 것이다.

이렇게나 진지한 후배, 도저히 방심할 수 없단 말이지.

"……선배."

그 후타바가 내게 다가와서 작은 목소리로 말했다.

"도중까지는 이길 수 있을 것 같았는데, 마지막에 수읽기에서 졌어요."

"베테랑과의 차이를 보여준다고 했잖아?"

"응. 경험의 차이를 봤어요. 최고로 분했어요."

"무척 즐거웠지?"

"엄청 즐거웠어요."

우리는 서로 마주보며 씨익 웃었다.

"다음에는, 안 져요."

"그래. 다음에도 안 질 거야."

"스톱이에요! 스톱! 그렇게 엄청, 저는 못하는 방식으로 친해지는 건 그만둬 주세요!"

아코…… 지금 엄청 좋은 분위기였는데…….

"엉망."

"뭐, 이래야 아코지."

"뭔가요, 그게! 안 돼요! 젊은 애가 좋다면서 미캉한테 가버리다니 용납할 수 없다고요!"

"나를 좀 믿어봐!"

후바타와 그런 분위기가 되었던 적은 한 번도 없었다고!

내 품에 달라붙어서 붕붕 흔들어대는 아코를 뿌리치고 한숨을 내쉬었다.

"……어라? 문득 생각난 건데……."

포수로 돌아온 아키야마가 맵을 보며 말했다.

"쿄우 선배. 이대로 대뇌운 쪽으로 가면, 바츠네가 기다리지 않아?"

"그렇겠지."

슬쩍 손을 뻗어 마우스를 쥔 마스터가 의기양양하게 말했다.

"포포리호, 제1종 전투태세! 구스타프 아돌프호가 이끄는 공적 함대를 돌파하고, 부유대륙으로 향한다!"

"결국 하는 거냐고!"

"핫핫핫핫핫! 목적만 달성하면 패배가 아니다! 가자!"

"저희 배가 가라앉아요~!"

"뇌운에 들어가서 가라앉으면 우리의 승리야! 하자, 아코!"

"우우우, 역시 좀 더 평화로운 배가 좋아요~!"

마스터의 지휘 아래, 포포리호가 목적지를 향해 나아갔다.

여동생이 공적이 된 여름.

나와 아코가 조금 어른이 된 여름.

우리에게, 후배가 한 명 늘어났다.

에필로그

"오늘 날로 쾌청하지만 파도 높음"

【코어 파워의 잉여분이 비행선 능력에 영향을 주던 현상을 수정】

함대전이 있은 지 며칠 뒤, 패치 노트 수정 내용에 기재된 글이다.

점검 종료 후.

포포리호가 자랑하던 화면 멀미가 날 정도의 속도도, 순간적으로 최고 속력에 달하는 가속도, 눈이 핑핑 돌아가던 선회 속도도, 대형선조차 격침시키던 화력도, 모두 소형선의 한계치로 수정되었다.

비행선 업데이트 이후 고작 몇 주일뿐이었던 포포리호의 천하.

그건 인터넷 한구석에 그런 시절도 있었다는 글이 남는, 고작 그 정도에 지나지 않는 일이 되었다.

과거에도 여러 게임에 있었던, 새로운 콘텐츠가 추가된 직후에 생긴 문제로 인해 취미 캐릭터가 잠시 패권을 쥐었던 시대, 그 정도에 지나지 않았던 거다.

"이제 소형선은 한물갔네. 역시 시대는 대형선이야!"

"그렇게 말해도, 우리한테는 상급 코어가 없다."

"포포리호에 있는 걸 떼면 되잖아! 문제가 생긴 사과의 뜻으로, 비행선 코어 탈착 티켓도 받았으니까."

"에이, 그렇다고 포포리호를 망가뜨리는 건 불쌍하잖아요~."

"이름의 소재가 불쌍하다고! 미안해~ 약해져버렸어~ 라고 고양이한테 사과했던 내 마음을 알기나 해?!"

"아카네? 현실과 게임은 다르거든?"

"아코도 아니고, 그런 건 알고 있단 말이야!"

여름방학이 끝나자, 우리는 여느 때처럼『현대통신전자 유희부』부실에서 이야기를 나눴다.

한때는 대형 길드 회의에 초대를 받았던 앨리 캣츠도 배의 스펙이 수정되고 나서는 완벽하게 수수한 소규모 길드로 복귀했다.

부활동의 내용도 지금까지와 같다. 멤버도 변함없다.

평화로운 시간이 돌아왔다.

─아니, 변하지 않은 건 아닌가?

"발레타호, 쓸래요?"

"완벽한 레드 네임이잖아! 필요 없어!"

"발레타호는 패치된 후에 어떻게 됐나요?"

"속도 그럭저럭, 화력 제로, 하지만 왠지 일단 연사는 가능한, 그것뿐인 배."

"우와, 힘들겠네."

"사과의 뜻으로 보상을 요구하고 싶어요."

"버그였다는 건 결코 인정하지 않고 있으니까, 안 주겠지."

"오프라인 미팅에서 버그가 아니라고 했으니까, 어쩔 수 없긴 해."

"우우."

불만스럽게 화면을 노려보는 후타바 미캉.

그녀가 정식으로 부원이 된 것이, 올여름에 유일하게 변한 점이다.

여름방학 사이에 확실하게 부원을 늘린 우리를 본 타카이 시는—.

"역시 교칙의 문제를 지적하기 위해서였군요!"

기뻐하면서 그렇게 말했지만…… 아닙니다. 정말로 죄송합니다.

하지만 뭐, 정식 부원이 됐다고 해도…….

"부장님. 잠깐 조리부에 가도, 되나요."

"상관없다만, 이유는 뭐냐?"

"오늘은 크렘 브륄레의 본격 조리. 특별히 버너를 쓰게 해준다고 해서."

하고 싶다면서 눈을 빛내는 미캉을 본 마스터는 쓴웃음을 지었다.

"그쪽에서 바로 귀가할 경우에는 연락만 주도록 해라."

"네. 다녀오겠습니다."

후타바는 활기차게 나갔다. 정말이지 자유로운 후배다.

"미캉, 들어온 의미가 있나……."

"결국 조리부도 같이 활동하는 거지?"

"어디까지나 이쪽이 정식 부원, 조리부는 겸한다는 형식이긴 하다."

현대통신전자 유희부에 입부하게 되었을 때, 빈번하게 견학하던 조리부에서 강하게 만류한 결과, 그럼 일단 동시에 해보자고 해서 이렇게 되었다.

마에가사키 고등학교는 부활동 중복을 인정하지만, 메인 부활동은 확실히 정해둘 필요가 있다.

후타바는 그걸 현대통신전자 유희부로 했다.

"하지만 확실히 좋은 일이다. 1학년부터 이 부에 틀어박혀 있는 것보다는 훨씬 좋은 생활기록부를 쓸 수 있게 되겠지."

"마찬가지로 1학년부터 틀어박혀 있던 우리는 어떻게 되는 건데?"

"포기하면 편해지는데요?"

"너랑 달리 나는 제대로 국립대로 진학할 생각이라고!"

"아카네…… 부활동에서 내신 점수를 버는 건, 퀼트부를 사흘 만에 그만둔 시점에서 무리 아닐까……."

"아아아아아, 완전히 잊고 있었어! 그때의 나는 바보야!"

애초에 속박하거나 참가를 강제하는 부활동이 아니다.

달리 갈 곳이 있다면 그쪽을 소중히 해도 전혀 상관없단 말이지.

그런데도 우리 부원이 되어 준 후타바가 마치 우리를 선택해 준 것 같아서 기쁜 마음이 드는 건, 너무 속물적인 이야기인가?

"좋아. 오늘은 루시안과 아코의 라키온호를 사용해서 자금을 벌기로 할까. 저축이 늘면 대형선의 선택지도 나오겠지."

"나, 슬슬 평범한 사냥도 하고 싶은데."

"무땅 거대화 숙련도 올리고 싶어~."

"그 마음 이해해. 슬슬 방패 움직이는 법을 잊어버릴 것 같아."

"저기, 콤보는 어떻게 하는 거였죠……?"

그건 너무 잊어버렸잖아!

"힐러가 움직임을 잊어버리면 곤란하거든?! 좋아, 가자. 아코의 감을 되찾으러 가자!"

"에이, 잊어버리면 루시안이 움직여 주세요~."

"달라붙지 마! 나까지 조작하지 못하게 되니까!"

"결국 여름방학이 끝나니까 아코도 원래대로 돌아갔고……."

"이쪽이 아코다워서 좋지 않아?"

그런 이야기를 하던 중—.

"오빠! 아코 언니!"

쾅! 하는 커다란 소리와 함께 문이 열렸다.

"우왓, 미즈키? 왜 그래?"

"슈슈, 무슨 볼일 있나요?"

"오늘이야말로 아코 언니를 쓰러뜨리러 왔어요!"

그 말을 들은 아코는 포근하게 웃으며 말했다.

"뭐예요~. 새언니랑 놀고 싶으면 그렇다고 말해 주세요."

"아~니~거~든~요~?!"

얼굴을 붉히고는 있지만, 미즈키도 아코를 잘 따르게 되었다.

오빠는 조금 쓸쓸하구나…….

"미즈키. 크렘 브릴레는 괜찮아?"

"미캉이 해줄 거야."

"우리 부원을 편리하게 써먹지 마!"

대충 이렇게, 현대통신전자 유희부는 조금 북적거리게 되었지만 오늘도 정상 운전, 평온한 나날이다.

"얘들아, 슬슬 문화제 상연물 결정했니?"

그때, 열려있는 문으로 선생님이 훌쩍 나타났다.

문화……제……?

"그런 이벤트도 있었지……."

"큰일 났네. 올해도 전혀 생각하지 않았잖아."

"어, 어떡하지? 올해야말로 온라인 게임의 역사로 대충 넘길까?"

"에이, 가게 같은 거 하자~."

"절대로 일하고 싶지 않아요오오오오오오!"

펴, 평온하지는 않을지도 모른다.

오늘 날씨 쾌청, 하지만 파도 높음— 대충 언제나 그런 느낌이다.

■작가 후기

지역 채팅 확인합니다.

오랜만에 뵙겠습니다. 전권 한꺼번에 샀습니다! 라는 분이 실제로 계셨기에, 혹시 계실지도 모르는 분께는 처음 뵙겠습니다.

키네코 시바이입니다.

『온라인 게임의 신부는 여자아이가 아니라고 생각한 거야?』는 이번 권으로 Lv.16. 게임에서는 플레이를 시작한 지 일주일 정도 지난 레벨입니다.

그런 Lv.16입니다만, 실제 온라인 게임에서는 뭘 했었더라 ~ 하고 생각해보니, 작중에서와 똑같이 배를 탈 수 있는 게임을 했던 게 떠올랐습니다.

제가 그 게임에서 Lv.16이 되었을 때, 처음으로 다른 플레이어에게 조선을 부탁했습니다.

지금까지 탈 수 없었던 중형선을 탈 수 있겠다 싶어서, 용기를 내어 조선 의뢰를 했는데, 「스펙은 어쩌실 거죠?」, 「용량은 어쩌실 거죠?」 등등의 질문이 무슨 뜻인지 전혀 몰라서, 「대충 교역하기 좋은 걸로 부탁합니다!」라는 하이퍼 떠

넘기기 부탁을 하고 말았습니다.

부탁드렸던 조선 장인은 「오케이!」라며 간단히 받아주셨고, 얼마 후에 받은 배는 저의 이상을 한참 뛰어넘는 근사한 성능이어서 크게 기뻐하며 돈을 냈습니다.

그러나 저는 몰랐습니다. 비싼 재료를 사용한 특수 조선으로 만든 그 배는, 일반 가격의 몇 배나 되는 돈이 든다는 것을…….

나중에 그걸 알게 된 뒤에는, 배 소유 숫자가 한계까지 차도 그 배만큼은 남겨뒀습니다.

지역 채팅 확인했습니다.

지역의 평화에 안심하면서, 감사의 멘트입니다.

일러스트의 Hisasi 씨. 이번 권도 근사한 일러스트 감사합니다. 러프 시안을 볼 때마다 전부 갖고 싶다! 라는 어리광을 부리고 싶어집니다.

매번 폐를 끼치게 되는 담당님. 몸을 소중히 해주세요. 아니, 진짜로요.

코미컬라이즈의 이시가미 카즈이 씨. 언제나 근사한 완성도라서, 내가 이렇게 글을 썼더라면 좀 더 만화의 완성도가 높았을 텐데……! 하고 코믹스 기준으로 후회하고 있습니다. 정말로 감사합니다.

마지막으로 독자 여러분. 이번에도 마지막까지 어울려 주셔서 정말 감사, 또 감사드립니다. 아무쪼록 앞으로도 잘 부탁드립니다.

그럼 기회가 된다면 또 뵙도록 하죠.

키네코 시바이였습니다.

■역자 후기

안녕하세요. 불초 역자입니다.

이번 이야기는 비행선 콘텐츠가 중심이었습니다. 공적과 일반 플레이어의 대결이라든가, 함대전 같은 게 나오는 등 재미있었네요. 특히 바츠가 의외로 책사였다는 게 신선했던 것 같습니다. 잔머리를 잘 굴린달까, 같은 편 플레이어의 뒤통수 때리는 점은 처음 공성전 때 악역으로 등장했을 때와 변함이 없는 것 같기도 했고요.

그리고 드디어 미캉이 온라인 게임부에 정식으로 합류했습니다. 그동안에도 거의 준레귤러였는데도 들어올 듯 말 듯 밀당하다가 이제야 들어오게 되었네요. 처음 예상과는 달리 부드럽게 온라인 게임부에 융화되었는데, 역시 기존 멤버들에게 뒤지지 않을 만큼 괴짜여서 그런 게 아닐까 싶네요. 개인적으로는 좋아하는 캐릭터인지라, 이제 정식으로 들어왔으니 앞으로는 출연을 더 많이 했으면 좋겠습니다.

그럼 다음 권은 작중에서 두 번째로 맞이하는 문화제가 되겠네요. 이번에는 또 무슨 기상천외한 기획을 가져오게 될지 기대해보면서, 후기는 이쯤 하고 다음 권에서 뵙겠습니다.

온라인 게임의 신부는 여자아이가 아니라고 생각한 거야? 16

초판 1쇄 발행 2019년 9월 10일

지은이_ Kineko Shibai
일러스트_ Hisasi
옮긴이_ 이경인
일본판 오리지널 디자인_ AFTERGROW

발행인_ 신현호
편집장_ 김은주
편집진행_ 최은진 · 김기준 · 김승신 · 원현선 · 권세라
편집디자인_ 양우연
국제업무_ 정아라 · 전은지
관리 · 영업_ 김민원 · 조은걸 · 조인희

펴낸곳_ (주)디앤씨미디어
등록_ 2002년 4월 25일 제20-260호
주소_ 서울시 구로구 디지털로 26길 111 JnK디지털타워 503호
전화_ 02-333-2513(대표)
팩시밀리_ 02-333-2514
이메일_ lnovelpiya@naver.com
ㄴ노벨 공식 카페_ http://cafe.naver.com/lnovel11

NETOGE NO YOME WA ONNANOKOJANAI TO OMOTTA? Lv.16
©KINEKO SHIBAI 2018
First published in 2018 by KADOKAWA CORPORATION, Tokyo.
Korean translation rights arranged with KADOKAWA CORPORATION, Tokyo,
through Korea Copyright Center Inc.

ISBN 979-11-278-5217-7 04830
ISBN 979-11-278-4218-5 (세트)

값 7,000원

아빠는 영웅, 엄마는 정령, 딸인 나는 전생자. 1권

마츠우라 지음 | keepout 일러스트 | 이신 옮김

연구직에 몰두하던 전생(前生)을 거쳐 전생(轉生)했더니
원소의 정령이 되어 있었습니다.
아버지는 전 영웅이고 어머니는 정령의 왕.
저 또한 치트 능력을 받았습니다…….
아버지와 어머니, 그리고 정령들에게 사랑을 듬뿍 받으며
쑥쑥(본의 아니게 겉모습만 빼고!) 자라던 어느 날,
아버지와 함께 방문한 인간계에서 어쩌다 보니 임금님의 주목을 받게 되고,
그 탓에 가족이 위기에……?
"확실히 부숴버릴 테니 각오해 주세요."

**정령 엘렌, 전생의 지식과 정령의 힘을 구사하여
소중한 가족을 지키겠습니다!**

라이트노벨의 새로운 빛! ㄴ노벨의 신간은 매월 10일에 발매됩니다. http://cafe.naver.com/lnovel11

방과 후, 이세계 카페에서 커피를 1권

카자미도리 지음 | u스케 일러스트 | 이진주 옮김

마법의 숨결이 닿은 아이템이나 음식물이 산출되는 『미궁』.
이를 중심으로 번영한 미궁도시의 외곽에 위치한 한 카페에서는
이 이세계에서 유일하게 커피를 마실 수 있다.
현대에서 온 고등학생 점주 유우가 꾸려나가는 이 가게에는,
오늘도 커피의 구수한 향기에 이끌려 카페 식도락을 추구하는
엘프와 드워프, 모험가들, 그리고 도시의 유력자까지 단골로서 찾아온다.
근처에 있는 마술학원에 다니는 소녀 리나리아도 그 중 한 명.
아직 커피는 달콤하게 타야만 마실 수 있지만,
유우가 있는 이 가게의 분위기는 무척 마음에 들었다.
하지만, 그 외에도 라이벌인 여자아이들이 잔뜩 있는데……?

**사랑의 향신료가 풍미를 더한 맛있는 이야기를
이세계 카페에서 보내드립니다!**

변변찮은 마술강사와 추상일지 1~4권

히츠지 타로 지음 | 미시마 쿠로네 일러스트 | 최승원 옮김

알자노 제국 마술학원에는 학생들도 기가 막혀 하는
한 변변찮은 마술강사가 있었다.
그의 이름은 글렌 레이더스.
수업에 뱀을 가져와서 여학생들이 무서워하는 모습을 감상하려다가
오히려 그 뱀에게 머리를 물리질 않나…….
도서관에서 실종된 여학생을 구하러 갔다가, 오히려 본인이 겁에 질려서
파괴 주문으로 도서관을 날려버리려고 하질 않나…….
수업 참관 일에는 웬일로 성실하게 수업을 하나 싶더니 곧 본색을 드러내고……
그런 마술학원에서 벌어지는 변변찮은 일상.
그리고— "……꺼져라, 꼬마. 죽고 싶지 않으면."
글렌의 스승이자 길러준 부모인 세리카 아르포네아와의
충격적인 만남이 수록된 『변변찮은』 시리즈 첫 단편집!

본편 TV애니메이션 방영 화제작!!

라이트노벨의 새로운 빛! L노벨의 신간은 매월 10일에 발매됩니다. http://cafe.naver.com/lnovel11

속 이 멋진 세계에 폭염을! 1~2권

아카츠키 나츠메 지음 | 미시마 쿠로네 일러스트 | 이승원 옮김

『도적 모집. 정의를 위해서라면 범죄행위도
불사할 만큼 의욕 넘치는 분 한정.』

에리스 감사제 때 만난 은발도적단을 동경하게 된 메구밍은
그들을 (멋대로) 돕기 위해 도적단을 결성한다.
도적단의 멤버는 만년 외톨이인 융융, 세상물정 모르는 왕녀 아이리스,
아쿠시즈교 프리스트 세실리. 하나같이 알아주는 문제아인데…….
그래도 악독한 귀족에게 따끔한 맛을
보여주기 위해 도적 활동을 시작하지만?!

메구밍 캐릭터 인기투표 1위 기념 기획
대망의 서적화!